Texto de acordo com as normas do novo acordo ortográfico da língua portuguesa (Decreto Legislativo Nº54 de 1995).

Editora – Catia Mourão
Capa – Joice Dias
Diagramação – Catia Mourão
Revisão – Halice FRS
Foto – Andie Freitas

CIP-BRASIL. CATALOGAÇÃO NA PUBLICAÇÃO
SINDICATO NACIONAL DOS EDITORES DE LIVROS, RJ

M783u

Montenegro, Janda
O último adeus / Janda Montenegro. - 1. ed. - Rio de Janeiro : Ler, 2023.
204 p. ; 21 cm.

ISBN 978-65-5055-047-9

1. Romance brasileiro. I. Título.

23-85710 CDD: 869.3
CDU: 82-31(81)

Meri Gleice Rodrigues de Souza - Bibliotecária - CRB-7/6439
21/08/2023 23/08/2023

Foi feito o depósito legal.
Direitos de edição:

Ler Editorial

O ÚLTIMO ADEUS

JANDA MONTENEGRO

1ª edição
Rio de Janeiro – Brasil

SUMÁRIO

Para a verdadeira Sofia, que aprendeu a deixar de ser uma garotinha e se tornou uma grande mulher, sempre acreditando no amor.

6

CAPÍTULO 1

O final do primeiro período da faculdade se aproximava e a sensação que eu tinha era de que aquele semestre não acontecera. Não para mim, pelo menos.

Eu acreditava que quando começasse a faculdade, fosse conhecer muita gente bacana, meu horizonte se expandiria e eu ficaria tão atolada de coisas para fazer, que não teria tempo nem de arrumar meu quarto. *Boa desculpa!*

Mas, não foi bem assim que aconteceu comigo. Não depois do meu trágico intercâmbio.

Quando completei dezoito anos e terminei a escola, ganhei dos meus pais uma viagem de três meses para a Flórida, nos Estados Unidos. Esse sempre fora o meu sonho e quase não acreditei quando vi que finalmente o realizaria. Para aproveitar o máximo de tempo possível, abri mão de minha festa de formatura e viajei literalmente no dia seguinte após o último dia de aula. Claro que batia uma pontinha de arrependimento, e a Gui, minha melhor amiga durante toda a época do colégio, ficou bastante chateada comigo por causa disso. Não liguei. Era o meu sonho que estava em jogo e queria aproveitar ao máximo cada dia, cada minuto da viagem.

Mas as coisas não saíram bem como eu imaginei.

Tive que correr sozinha atrás de um emprego para me sustentar lá, e todo mundo sabe que para um estrangeiro conseguir um emprego na terra do Tio Sam não é moleza não. Até acabei conseguindo um bacana, que me pagava razoavelmente bem. Fiquei na casa de pessoas que cuidaram de mim como se eu fosse parte da família e me ajudaram em tudo que podiam. Só que tinha Melody, a menina que dividia o quarto comigo. Não houve uma vez sequer em que estive perto dela e não tive vontade de sair correndo, de tão desagradável que aquela florzinha de cactos era. Agora, imagine isso todos os dias, durante três meses.

Mas também houve momentos divertidos naquela viagem. Conheci três rapazes que ficaram a fim de mim, e eu me senti a garota mais desejada do planeta! No começo foi bem interessante fazer o joguinho, mas depois a coisa envergou para o outro lado: Benito, o primeiro que beijei, era um aprendiz de Don Juan, e a experiência de ter ficado com ele é, digamos assim, memorável. Mas depois ele ficou tão cismado comigo que eu até evitava atender a mesa dele quando ele ia ao restaurante em que eu trabalhava! Também teve Papito, ou Pablo, quem eu nunca quis conquistar, mas que também resolveu gostar de mim e me causou um problemão, pois era namorado da Melody.

E então, teve Tristan...

Quando o conheci, no meu primeiro dia de trabalho, achei-o arredio e até mal-educado, pois eu tentava puxar assunto e ele se irritava de repente e se afastava, como um cavalo selvagem. Mas, com o tempo, fomos nos entendendo e acabamos nos apaixonamos. Foi paixão mesmo, dessas vistas nos filmes à tarde e nunca acha que vai acontecer com a gente. Pois bem, mas aconteceu comigo, e aconteceu num país estrangeiro, bem longe da minha casa, o que, já de cara, deixou meu coração inquieto, afinal, o que a gente faria quando meu intercâmbio acabasse e eu tivesse de voltar para o Brasil?

Tristan não era o cara mais perfeito do mundo, nem o mais forte, nem o mais lindo, nada disso: ele tinha três mil tatuagens e piercings pelo corpo — magro, magro, e branquinho como a neve —, não tinha dinheiro e trabalhava como cozinheiro no restaurante em que eu fazia meu *work experience*. Ele não era exatamente o genro que minha mãe pediu, mas era o cara por quem eu tinha me apaixonado e com quem eu vivi os melhores e mais ternos momentos de minha vida.

E então, Tristan morreu.

Foi tudo tão de repente que, cinco meses depois, ainda tenho dificuldades para assimilar como exatamente as coisas aconteceram. Às vezes, à noite, fico me perguntando se havia algum sinal de que as coisas não estavam bem e que eu pudesse ter percebido, assim, quem sabe, ter evitado aquele final trágico. Num dia estávamos bem, fazendo planos para ele vir para o Brasil, no dia seguinte ele desaparece e é encontrado morto um tempo depois.

Como?

Mesmo hoje, quando vou dormir, penso nele, e meu coração afunda no peito até quase atravessar a parede do meu tórax. A dor de perder alguém — digo, realmente perder alguém, e nunca mais ter a opção de ver essa pessoa, abraçá-la, conversar e construir memórias com ela — é indescritível. É como se alguém jogasse óleo quente no meio do seu peito, onde antes estava um coração cheio de vida, e eu começasse a queimar de dentro para fora, desfazendo-me. Dói. Dói demais. Meses se passaram, mas eu ainda sinto tudo isso quando tento dormir.

Meus pais ficaram superpreocupados comigo, claro, assim como minha amiga Gui. Até mesmo o pessoal da Flórida ficou preocupado. Permiti-me um par de semanas para sentir a minha dor sem ser incomodada, mas presumi que depois desse período, e já estando de volta à minha casa, as pessoas começariam a cobrar que eu voltasse à rotina. Aos poucos minha mãe foi me inserindo nas atividades domésticas, não sei se para me distrair ou se para me trazer de volta às obrigações mesmo. Não que eu não fizesse a minha parte em casa antes, mas ela criou para mim uma espécie de rotina na qual todos os dias eu tinha de coar o café, fazer minha cama, varrer a casa e lavar toda a louça utilizada no dia; entre outras coisas que ela ia inventando no caminho. Não era nada de mais, e eu não reclamava. Ter o que fazer ajudava a não pensar, a não lembrar.

Porque lembrar era sentir tudo de novo.

Depois de um mês, fui permitindo ser anestesiada por essa rotina. Porém, tudo que eu fazia era no modo automático. Sentia-me vazia, oca, e meus reflexos e respostas eram mecânicos. Tinha vontade de ficar o dia inteiro, todos os dias, deitada na cama. Por respeito aos meus pais, lutei contra esse sentimento, e tentei ao máximo me manter em sociedade, interagindo com eles. Tenho certeza de que eles enxergavam o esforço que eu fazia, embora não compreendessem que era um esforço.

Eles achavam que eu estava exagerando, que era coisa de adolescente que tem a mania de achar que tudo é "agora ou nunca", que tudo é para sempre, definitivo, e que faz um drama sem tamanho, achando que o mundo vai acabar se as coisas não saírem do jeito que queremos. Sinceramente, eu até conhecia gente assim. Na minha escola mesmo podia nomear umas quinze garotas dramáticas desse jeito. Mas eu não era assim. Não mesmo. Eu era bem centrada, não me envolvia com qualquer carinha. Na verdade, antes do Tristan eu nunca nem tinha tido um namorado de fato!

Tristan foi meu primeiro em tudo: meu primeiro amor, meu primeiro namorado, o primeiro rapaz a quem me entreguei de corpo e alma.

E também foi o primeiro a dilacerar meu coração.

Desde que voltei dos Estados Unidos, nunca mais tive notícias de ninguém que conheci lá. Também não entrei em contato.

Vontade tive. Cheguei a digitar o nome de alguns nas redes sociais e quase os adicionei, mas depois pensei melhor e deixei para lá. Não queria contato. Não queria notícias. O que falaríamos? De início perguntariam se eu cheguei bem, se estava tudo legal aqui no Brasil e quando eu voltava para lá; depois, inevitavelmente alguém tocaria no assunto do Tristan, perguntando se a ferida se curara ou, quem sabe, dando notícias da investigação policial.

Eu não queria saber.

Talvez eu estivesse errada, mas não conseguia suportar a ideia de revirar esse assunto diversas vezes. Para que eu de fato me curasse — se é que algum dia isso aconteceria — eu precisava abrir mão. Tristan estaria sempre comigo, na parte mais pura e sagrada do meu coração. Tudo que a gente viveu nos poucos dias que tivemos foi maravilhoso e valeu a pena. Mas, perdê-lo para sempre, dentre todas as possibilidades que tínhamos quando meu intercâmbio terminasse, foi um golpe duro. Não queríamos terminar nosso namoro, e muito menos para sempre.

Mas aconteceu.

Eu ainda o amo com todas as minhas forças, e todo dia luto para que meu coração se abra para outra pessoa. Mas cinco meses não foram suficientes ainda, por isso a faculdade não se tornou um acontecimento tão interessante para mim.

Porém, para conseguir forcar nos estudos eu tinha que colocar a tristeza de lado, ao menos durante as aulas. Ainda que eu tivesse me matriculado numa instituição particular sem tanto prestígio, ainda assim era uma boa faculdade, e eu tinha que me organizar mentalmente para essa nova etapa na minha vida e fazer valer o investimento financeiro dos meus pais.

E foi assim que, ao contrário de todo mundo, o primeiro período da minha faculdade foi um grande vazio para mim. Sentia-me como um autômato: acordava, ia para lá, olhava para a cara do professor, anotava umas coisas, voltava para casa, deitava na cama e curtia minha fossa. Não era autopiedade nem nada disso, apenas não sentia vontade de fazer nada, fazia apenas o que tinha que ser feito para evitar conflito com meus pais. Felizmente não tirei notas tão ruins nas provas, mas, honestamente, não tinha condições de fazer muito melhor.

Eu ainda estava muito machucada e confusa.

Na medida do possível, meus pais vinham tentando ser compreensíveis, mas eu notava que a paciência deles estava terminando. Como medir quanto tempo é necessário para se recuperar de uma grande perda? Ainda mais quando se tem apenas dezoito anos?

A bronca que eu esperei que eles fossem me dar, nunca veio. Talvez eles estivessem esperando que eu ficasse 100% para poder absorver tudo que fossem falar comigo. Naturalmente eu tinha consciência do perigo em que poderia ter me envolvido e nas consequências que isso implicaria para nossa família, mas isso era apenas mais uma coisa na qual eu não queria pensar.

Foi um período difícil para mim, mas foi difícil para eles também.

Quem me deu bronca mesmo foi a Gui. Quando, ainda na Flórida, falei a ela o que tinha acontecido, ela me descascou, sem se preocupar nem um pouco com meus sentimentos. Fiquei magoadíssima com ela e, desde então, não havíamos nos falado. Ainda que eu estivesse chateada, esperava que, assim que eu estivesse de volta, ela me ligasse, pedisse desculpas e ficaria tudo bem. Nossa amizade era forte e não seria uma bronca que nos afastaria.

No entanto, ela nunca ligou. Nem quando eu voltei, nem mesmo hoje, cinco meses depois. E a chateação que eu inicialmente tivera com ela agora virou mágoa e ressentimento. Onde estava minha melhor amiga, que não ficou do meu lado no momento em que mais precisei dela?

CAPÍTULO 2

— Sofia, telefone pra você!

Saí do meu marasmo pós-aula e fui atender. Era cada vez mais raro ouvir o telefone fixo de minha casa tocar, ainda mais para mim.

— Alô?

— *Oi, Sofia. É o Rapha.*

O irmão da Gui. Por que o irmão da minha amiga me telefonava, mas ela não?

— Oi, Rapha. Tudo bem com você, com sua irmã? — Sentia que, mesmo contra minha vontade, minha voz saía com uma ponta de ressentimento.

— *Aham. Como você sabe, amanhã é aniversário dela.* — Sim, eu lembrava, mas me perguntava se deveria telefonar, já que ela aparentemente tinha me esquecido. — *A Gui tem andado muito ocupada com a faculdade e tal, então dei a sugestão de fazermos uma festa surpresa aqui em casa mesmo. Nada grande.*

— Ah, tá ok. Vou sim. Quero dizer, você está me convidando, né? — provoquei.

— *Não, não. Estava apenas lhe avisando sobre o evento para você não passar aqui.* — E, como eu não ri, ele continuou: — *É, Sofia. Tô te convidando sim. Só não vá estragar a surpresa e contar pra ela, hein? Esteja aqui às 19hs.*

Ri de leve, só pela provocação.

— Pode deixar, Rapha. Estarei aí.

Cheguei à casa deles exatamente às 19hs. A pontualidade era uma das coisas que aprendi na minha experiência de intercâmbio nos Estados Unidos. Lá, horário marcado é sagrado, seja para um encontro, seja para uma jornada de trabalho. Entendi na marra que essa lei devia ser respeitada e decidi levar isso sempre comigo, ainda que no Brasil os horários não fossem tão respeitados.

Os pais da minha amiga estavam megaocupados cuidando de tudo, então, localizei o Rapha e fui em sua direção.

— Isso porque você disse que era coisa pequena, né? — Girei o dedo em direção às pessoas na sala, as quais eu não conhecia.

— E era pra ser, mas, aparentemente, minha irmã é uma pessoa muito sociável na faculdade e um acabou chamando o outro, que chamou o outro e assim foi.

Olhei para ele. Quando que o Rapha tinha mudado tanto? Ele estava tão...

— Gente, gente! Façam silêncio que elas estão chegando!

Olhei para o pai da Gui, animado, empurrando todo mundo para as suas posições. Fiquei me perguntando quem seriam "elas"? Quero dizer, quem ficou com a missão de enganar minha amiga enquanto a festa era preparada?

— SURPREEEEESA! — gritaram todos, menos eu, que ainda estava tentando entender tudo que acontecia.

Gui parou ainda à porta, olhando ao redor, com um sorriso enorme no rosto. Conhecendo minha amiga, pude perceber que ela estava ligeiramente altinha, e ri. Talvez nenhuma outra pessoa ali percebesse isso.

Ela gritou e abraçou a cada um, e todos pareciam se conhecer, menos eu. Esperei que ela fizesse festa com seus novos amigos e quando me pareceu ter acabado, aproximei-me.

— Feliz aniversário, Gui!

Ele virou em minha direção e o sorriso de repente sumiu em seu rosto. Senti-me encolher. Por que ela reagia assim apenas comigo?

— Ah! Oi, Sofia. Quanto tempo, né? — E, pegando o embrulho que eu estendia para ela, emendou: — Obrigada, não precisava.

— Para de bobagem, Gui. Até parece que eu não viria ao seu aniversário e nem te daria nada de presente.

Ela deu um meio-sorriso.

— Eu trouxe isso dos Estados Unidos e estou para lhe dar há muito tempo, mas não conseguimos nos encontrar, né?

A verdade é que nem havíamos tentado.

— Victoria's Secret! Obrigada, Sofia! — Ela me deu um abraço e por um momento foi como se não houvesse um clima estranho entre nós. Em seguida, ela se afastou e foi ter com seus outros amigos, e eu fiquei ali, sem saber o que fazer, consciente de que minha melhor amiga agora tinha novos amigos e fazia um grande sucesso entre eles. Ao contrário de mim.

A festa foi passando, mas a sensação de deslocamento, não. Ainda que eu tivesse conversado amenidades com algumas pessoas, as duas únicas pessoas com quem eu tinha amizade mesmo estavam muito ocupadas para prestar atenção em mim.

Finalmente as luzes se apagaram e Rapha surgiu da cozinha com um bolo todo decorado. Cantamos os parabéns e os novos amigos da Gui cantaram também uma espécie de hino que fazia algum sentido para eles, mas não para mim.

Queria poder evitar esse sentimento de não querer estar ali, afinal, era minha melhor amiga! Mas, pelo o que eu podia perceber, minha melhor amiga era agora a melhor amiga de muita gente e tive um semestre extremamente divertido, enquanto eu fique na fossa sozinha e não tinha feito nenhuma nova amizade.

Antes de cortar o bolo, a mãe da Gui pediu um pouco de silêncio e anunciou:

— Gente, gente! Chegou a hora de entregar o presente! Rapha, traz aquele envelope que eu pedi pra você guardar.

Dois minutos depois, Rapha saiu do quarto da mãe com um envelope branco e o entregou para Gui.

Uma sensação de *déjà vu* me invadiu. Eu conhecia muito bem aquela cena...

— Uma viagem de intercâmbio? — gritou minha amiga, sem poder conter a surpresa. — Mãe, pai! Vocês são os melhores pais do mundo!

— Ei, não se esqueça de mim! — interveio Rapha.

— Tá bom, tá bom. Você também... — zombou minha amiga, abraçando o irmão.

Todos riram e deram pulinhos, menos eu. Senti um gelo subir pela minha espinha. De repente, era como se todo o ar da sala tivesse desaparecido.

— E para evitar que você vá e não volte — continuou a mãe dela —, nós falamos com os pais da Sofia e eles concordaram que vocês façam esse intercâmbio juntas! Não era isso que vocês queriam desde o início?

De repente, todas as cabeças se voltaram em minha direção.

Ajeitei o cabelo atrás da orelha. Eu tinha desaprendido a falar.

A mãe da Gui estava tão contente pelo presente que dava à filha que não pude não lhe devolver um sorriso. Meu olhar cruzou com o de minha amiga. Nós nos conhecíamos há tempo demais.

Naquele momento, nossos olhares diziam: "é, vamos ter de conversar sobre isso mais tarde".

CAPÍTULO 3

— Fico feliz que você tenha aceitado lanchar comigo aqui no shopping.

Olhei para aquela jovem de olhos escuros e cabelo preto comprido e cacheado nas pontas. De pernas cruzadas, ela analisa um lanche bem light na bandeja a sua frente. Parecia que tinha "adultecido" nesses últimos meses, enquanto eu afundava por um vórtex e não conseguia mais sair de lá.

— Você quer pedir alguma coisa? O cardápio ainda está aqui.

Fiz que não com a cabeça e sentei-me à sua frente.

— Sofia, eu sei que você deve estar achando que me afastei de propósito, mas...

— Eu não estou achando isso.

Acho que falei rápido demais. O que evidenciava que era justamente isso que eu pensava dela.

— Mas não é verdade — ela continuou de onde parou, ignorando minha interrupção. — Eu estive muito enrolada com esse negócio de faculdade. A UFRJ não é fácil não, ainda mais Engenharia Naval!

Apenas sorri. Não ia comparar nossos cursos e o mérito de nossas faculdades. Achei que era melhor deixá-la falar e ouvir um pouco mais.

— Como você está?

— Bem. Normal.

Um constrangedor silêncio tomou conta. Nunca achei que um dia fosse me sentir desconfortável perto de minha melhor amiga.

Gui soltou um suspiro.

— Sei que fui insensível com você. Eu estava desesperada e muito preocupada contigo. Tinha medo de que você...

— Gui, que tal não falarmos sobre isso? Por favor?

Minha amiga me olhou nos olhos e entendeu o que eu não conseguia dizer: que eu ainda não estava preparada para falar nesse assunto. Que era simplesmente doloroso demais e eu não tinha forças para resgatar todas as lembranças com Tristan e ainda ficar discutindo o que fizemos de certo e de errado entre nós duas. Eu simplesmente não conseguia.

Gui deu seu melhor sorriso "tá tudo bem, a gente fala quando você estiver preparada", colocou aqueles pensamentos de lado e puxou da bolsa um monte de papéis.

— Suponho que você tenha conversado com seus pais sobre a tal viagem que minha mãe me deu. É verdade isso que está acontecendo, Sofia?

Dessa vez eu ri com gosto.

— Pior que é...

— Mas sério, na boa... Eles vão te deixar viajar assim, depois de tudo que aconteceu?

Meu sorriso novamente desapareceu. Essa era uma pergunta delicada e foi a primeira que fiz a meus pais quando voltei do aniversário da Gui. Eu honestamente não acreditava que aquilo fosse verdade, então, resolvi esclarecer tudo de uma vez. Mas era, eles tinham confirmado.

— Eles acham que eu mereço uma nova oportunidade. Que apesar do que aconteceu, eu consegui me virar bastante bem sozinha em outro país. — Percebi que meu tom de voz se alterava de acordo com a parte do assunto eu falava. — Resumindo: eles acham que estando você e eu, juntas, uma pode cuidar da outra, como sempre fizemos e como teria sido, se você tivesse ido comigo na primeira vez.

— Entendi...

— E também, como meu segundo intercâmbio seria pela mesma agência, eles me dariam um bom desconto. Sem contar que, com tudo que aconteceu, eu acabei voltando com uma graninha extra que não deu tempo de gastar...

— Não deu tempo de gastar é ótimo! — ela zombou. Agradeci intimamente pelo seu esforço em quebrar o clima pesado. — Bom, então, até o momento temos apenas as permissões de nossos pais, a viagem que ganhei de presente e, quem sabe, metade da sua viagem. Mas o principal agora é que precisamos decidir o nosso destino!

Gui tinha toda razão. Tínhamos gostos muito parecidos, talvez ela quisesse escolher os Estados Unidos. Eu não me sentia confortável com a ideia de voltar para lá tão cedo. Não peguei "raivinha" do país nem nada do tipo, apenas precisava de um tempo para mim, para digerir tudo para poder voltar pra lá e passear de verdade, visitando os pontos turísticos. Mas era cedo demais para voltar lá, mesmo que para outra cidade.

Porque por mais que a Gui tivesse brincado a respeito, a verdade é que eu passei três meses na Flórida e não fiz quase nada. Não fui para a Disney, não fui ao Everglades, não voltei com três malas de bijuterias e só não digo que não fui para Miami porque teve aquela noite em que eu, louca, dirigi para lá atrás do Tristan.

Se eu fosse ser sincera a respeito, era como se eu não tivesse ido. Nem fotos direito eu tirei. Eu não tinha nenhuma foto minha com Tristan. Nenhuma!

Esse sentimento de não ter aproveitado a viagem também alimentava certo arrependimento em mim. Um dia eu voltaria lá e agiria como todo bom brasileiro: aproveitar cada minuto dos parques, gastar como se não houvesse amanhã e tirar foto até mesmo com as latas de lixo. Os brasileiros eram conhecidos por saberem se divertir no exterior e um dia eu agiria assim também, quando meu coração estivesse leve novamente.

Mas, agora, Estados Unidos não era uma opção para mim.

Gui terminou seu lanche afastou a bandeja para o lado; em seguida espalhou sobre a mesa diversos folhetos informativos sobre os principais destinos turísticos no mundo que ela tirou da bolsa. Também havia brochuras de faculdade, anúncios de agência e descontos de jornais, além de um mapa mundi.

Ela realmente veio preparada para nosso encontro!

Depois de divagarmos sobre como seria incrível visitar lugares distantes como a Índia ou a Indonésia, ou locais improváveis como a Rússia ou o Polo Sul, focamos naqueles aos nos inclinávamos mais e que faziam mais parte da nossa realidade. Mas, é claro, não antes de falarmos que um dia visitaríamos Cingapura só para ver o que tem de bom lá e prometermos um dia provarmos a verdadeira pizza napolitana em Napoli, na Itália.

Delicadamente, fiz minha amiga entender que eu não queria voltar para os EUA tão cedo e, para a minha sorte, ela não reclamou. Ainda bem! Talvez no fundo ela imaginasse que aquele país agora não era uma opção para mim.

Ficamos algumas horas no shopping debatendo os prós e contras de cada lugar e, por fim, após ambas cedermos um pouco e levando em conta os custos, decidimos pela Irlanda.

Irlanda!

Um país pequeno, que poderíamos conhecer por inteiro em pouco tempo, que falava inglês e cujo custo de vida não era tão caro. As companhias aéreas não iam para lá com tanta frequência e a passagem era um pouco mais cara do que outros destinos na Europa, porém, por ser uma comunidade histórica e com muita área rural, concordamos que podíamos tentar um emprego numa dessas estalagens perto do campo. Assim, poderíamos aproveitar a vida ao ar livre, o incrível verde daquele país e, claro, os famosos pubs e castelos medievais. Sem contar a possibilidade de escapar para algum outro país europeu quando o intercâmbio acabasse, afinal, ali todos os países eram pertos uns dos outros.

Ficamos satisfeitas com nossa decisão e passamos o resto da tarde imaginando se o gosto dos morangos lá seria diferente dos daqui, ou em como seria legal se conseguíssemos um emprego numa empresa de cerveja artesanal.

Naquela tarde, pela primeira vez em meses, consegui me concentrar em alguma coisa que não fosse o buraco no meu peito. E pela primeira vez em meses estive com minha melhor amiga de novo, como se nunca tivéssemos parado de nos falar.

À noite, tive meu primeiro sonho com a Irlanda: eu, vestida de princesa, no alto de um castelo, daí aparecia um príncipe para me resgatar e quando a luz do sol batia em seu rosto, eu percebia que ele tinha vários piercings...

Depois que as curtas férias de meio de ano passaram — apenas duas semanas, que davam apenas para colocar o sono em dia —, decidi voltar para o segundo período com uma nova atitude. Chega de zumbizar pelos cantos e ficar com pena de mim mesma o tempo todo. Eu ainda sentia e sempre sentiria falta do Tristan, por tudo aquilo que queríamos ter vivido e não vivemos, por tudo aquilo que poderia ter sido. Só que não foi. E não tenho como mudar isso.

Eu precisava seguir adiante com minha vida, dar uma reagida. Um dia de cada vez.

O que não significava que me atiraria nos braços do primeiro homem que passasse pela minha frente, claro.

Meu objetivo no novo semestre era apenas estar de fato nas aulas, e não só estar lá fisicamente. Queria realmente ouvir o que os professores falavam e descobrir se o Jornalismo era mesmo a carreira que eu queria. Com sorte, eu faria algumas amizades, embora numa faculdade o fluxo de alunos seja grande e quase todo mundo saísse após as aulas direto para o trabalho.

Mas isso eu só descobri agora que acordei para o mundo.

Felizmente logo nas primeiras semanas essa minha decisão de prestar atenção ao que acontecia à minha volta rendeu frutos: um professor comentou com a turma que havia uma empresa que precisava de redatores freelancers e que ele deixaria o anúncio no mural do corredor. Assim que aula terminou, corri pra lá e anotei o endereço. Quando cheguei a casa, a primeira coisa que fiz foi montar um currículo apresentável — como isso leva tempo, nossa! — e enviar para o e-mail do anúncio.

No dia seguinte, quando voltei da aula, já havia uma resposta. Tratava-se de uma empresa canadense que precisava de redatores que pudessem escrever sobre todo e qualquer assunto. Eles enviariam o tema geral e os sub-tópicos e, a partir daí, eu deveria desenvolver a pesquisa e fazer os textos. O pagamento seria via internet, por um sistema chamado PayPal, que permitia transferir o valor virtual para minha conta bancária no Brasil e sacar o dinheiro em qualquer parte do mundo, a qualquer momento, pagando uma taxa mínima por essa transferência. Pelo que vi no site deles, muitas lojas famosas aceitavam esse método como pagamento e era bastante confiável.

Decidi topar. Era uma oportunidade ótima, pois renderia algum dinheiro para minha viagem, não atrapalharia meus estudos na faculdade — é sério, eu estava decidida a recuperar o tempo perdido — e eu ainda poderia continuar fazendo isso mesmo quando estivesse na Irlanda, só precisaria de um computador e internet.

Dei minha resposta positiva para a empresa e liguei para minha amiga para contar a novidade. Eu estava tão feliz de ter feito essa pequena conquista que era como se o tempo não tivesse passado e Gui e eu ainda fôssemos as inseparáveis amigas de escola.

Era bom recuperar esse sentimento. Pois esse era meu segundo objetivo naquele semestre: minha melhor amiga.

CAPÍTULO 4

Tudo mudou em setembro, no dia do meu aniversário. Como dessa vez eu já sabia o que ganharia, conversei com meus pais e eles toparam comemorar a data apenas nós três num restaurante, então, meu plano era almoçar com eles e mais tarde encontrar com minha amiga para um chopinho. Dessa forma eu guardava dinheiro para a minha nova empreitada.

O almoço foi legal, e, por um momento, desejei que meus amigos do colégio estivessem ali também. Desde que eu viajei no ano passado eu me afastei completamente de todo mundo. Tudo bem que eu não era *assim* a pessoa mais popular da escola, mas me dava bem com todo mundo e tinha alguns bons amigos.

Fiz uma nota mental de tentar retomar o contato com todos, caso contrário a vida se encarregaria de nos afastar para sempre. E eu realmente não queria isso.

O mesmo não pude dizer sobre meu chopinho com a Gui.

Quando cheguei ao barzinho perto da casa dela — um que a gente costumava ir de vez em quando para falar mal do mundo e beber guaraná porque não tínhamos idade para bebidas alcoólicas na época —, logo de cara tive a primeira surpresa: ela não estava sozinha.

— E aíííí, Sofia?! — Rapha se levantou da mesa e estalou um beijo na minha bochecha, tudo rápido demais para que eu pudesse protestar.

Quando ele ganhara essa confiança toda comigo?

— Ah, oi, Rapha. Tudo bem?

Eu estava completamente sem graça, não só por sua recepção calorosa, mas também por não esperá-lo ali. Olhei para Gui pedindo uma explicação.

— Feliz aniversário, amiga! — ela gritou e me abraçou, ignorando meu olhar questionador. — Vamos comemorar à moda antiga, só entre os íntimos — disse, puxando uma cadeira para que eu me sentasse e fazendo um sinal para o garçom se aproximar. — Traz uma rodada de chopp sem colarinho pra gente?

Eu não estava entendendo nada e isso me deixava ainda mais desconfortável. Contrariada, resolvi deixar isso de lado, ergui meu copo e brindei meu aniversário com eles. Talvez tudo fosse apenas coisa dessa minha cabeça insegura e paranoica.

— E aí, como foi com seus pais?

— Foi tranquilo, Rapha. Você sabe, somos uma família pequeníssima aqui no Rio, só nós três, então, não tem muito que fazer, né?

Intimamente, eu me sentia frustrada por ter uma família tão pequena. Sentia falta do calor humano, das brigas, das invejas entre primos, das travessuras em segredo que todo mundo tem. Puxa vida, custava tanto meus pais terem tido irmãos ou irmãs? Mas não, não tiveram, e também não me deram um. Meus avós paternos moram em Curitiba e quase nunca vêm para cá — nós é que vamos visitá-los uma vez a cada três anos — e meu avô materno está tão senil que mal se dá conta do que acontece ao seu redor, por isso ele fica na casa de repouso, onde é bem cuidado. Sempre que posso, vou com minha mãe visitá-lo, mas, toda vez saio de lá muito triste. Por isso, no dia do meu aniversário, por mais que eu o amasse muito, não era uma boa ideia ir lá. Se não são os amigos para irem à minha casa, a "comemoração" fica só nas aspas mesmo.

Talvez por isso eu tivesse essa vontade louca de conhecer o mundo e conhecer novas pessoas o tempo todo. Acho que, no fundo, queria suprir essa necessidade que só uma família grande pode dar.

— Não se preocupe, gata. A gente vai comemorar muito na nossa viagem.

Gata? Desde quando Rapha me chamava de gata? Que abuso era aquele? E...

Ele disse "nossa viagem"?

Acho que a Gui reparou a minha confusão e resolveu abrir logo o jogo.

— É, acho que você já percebeu que houve uma pequena mudança de planos...

Minha amiga falava como se tivesse optado por um filme de ação em vez de uma comédia romântica no cinema.

— Mas, Gui! Que história é essa? Como assim? E...

— É, eu vou junto — interrompeu-me Rapha. — E fim da história.

Fuzilei-o com o olhar. Ele estava cada vez mais abusado e essa nova versão do irmão da Gui estava me irritando profundamente.

Olhei para ela, suplicando-lhe que desmentisse aquilo.

— É, Sofia. Ele vai junto.

Não, não era brincadeira. A viagem que eu queria tanto fazer com minha melhor amiga agora tinha uma pessoa a mais.

— Gui, como assim? Como isso aconteceu? Por que você não me falou nada? — Optei por conversar apenas com minha amiga, ignorando o irmão mais novo dela de todas as formas.

Eu estava com muita raiva de ele se meter nos nossos planos sem ser convidado, e ignorá-lo era a maneira mais educada que encontrei.

— É, amiga, desculpa jogar a novidade assim — Ela lançou um olhar inquisidor ao irmão. — Meus pais decidiram que o Rapha tem de ir junto comigo nesse intercâmbio. Não sei bem por que, mas eles meio que colocaram isso como condição e tal.

Eu não podia acreditar.

— Mas...

— Eu fiz um acordo com eles. Tomei uma decisão, eles me apoiaram e cá estou: embarcando nessa furada com vocês!

Além de irritante, ele tinha virado um debochado também.

— Peraí! Vocês têm de me explicar isso direito! Eu não vou sair viajando assim com qualquer um não!

— Aí você já está exagerando, né, amiga? Até parece que o Rapha é um desconhecido!

Respirei fundo.

— Desculpa, não foi isso que eu quis dizer. — Estendi a mão e peguei meu chopp. Aquela conversa estava me deixando nervosa e tomava um rumo inesperado. — Mas, poxa, viajar só nós duas é uma coisa, nós temos intimidade, somos garotas, somos amigas desde criancinha. Viajar com seu irmão muda tudo! Um rapaz no grupo pode atrapalhar um pouco as coisas, sem contar que arranjar lugar pra ficar para duas garotas é uma coisa, para um grupo de três é beeeem mais difícil.

— Olha *sóam*... — Fingiu Rapha, imitando um tom diferente em sua voz — Se você está com medo de eu te atrapalhar com os bofes, pode esquecer, tá, mona? Eu sou muito refinada.

Sério, aquele novo Rapha me tirava do sério!

Gui virou o chopp dela de uma vez só, colocando o copo vazio na mesa com um pouco mais de força do que o necessário.

— Sofia, relaxa. Ele é chato e intrometido, mas é meu irmão. E você nos conhece há muito tempo. Acredite: eu tentei convencer meus pais, mas o Rapha fez ou disse qualquer coisa que os convenceu de que ele merecia ir conosco. Juro que não sei o que é, só sei que agora é assim, e a viagem de dois agora vai ter de dar pra três.

O garçom trouxe dois novos chopes e os deixou na mesa, mesmo sem termos pedido. Peguei um deles e fiquei brincando com o copo, meio que esperando que a espuma refletisse o futuro ou algo assim.

— Bom, tá, né...

Talvez aquilo tudo reservasse algo de interessante no final das contas. Entretanto, fiz uma nota mental de que descobriria o argumento persuasivo que o Rapha tinha usado para convencer os pais a deixá-lo ir conosco. Por que não arranjava a própria viagem com os amigos dele? Eu, hein!

— É assim que se fala! — brindou Gui, erguendo seu copo, ao que Rapha e eu imitamos. — À nossa viagem!

— À nossa! — falamos juntos.

Cada um bebeu um gole e eu aproveitei para pedir ao garçom que trouxesse um pedaço de torta, afinal, era meu aniversário e eu tinha que ter um bolo, ainda que fosse apenas um pedaço.

O garçom trouxe o pedido junto com três colheres e nós devoramos a fatia de *cheesecake* de framboesa em dois minutos. Apesar de tudo, eu adorava minha melhor amiga, minha confidente de tantas desventuras colegiais. Se o preço a pagar por uma viagem inesquecível com ela fosse carregar junto o mala do irmão, bom, acho que eu estava disposta a fazer o sacrifício.

Ficamos algum tempo falando bobagens e nos atualizando uma sobre a vida da outra.

— Bom, vamos ao que interessa — cortou-nos Rapha. Acho que ele estava ficando entediado por ser deixado de lado na conversa. — Vamos falar da nossa viagem!

Eu ainda estava digerindo o "nossa" antes de "viagem".

— É, temos um pequeno probleminha aqui — começou a Gui.

— Qual? — perguntei, quando na verdade queria ter dito "outro".

— Como agora somos em três, e, no meu caso, dois numa mesma família, o dinheiro que já era curto, agora então...

Eu já estava adivinhando o que viria em seguida, mas não queria acreditar.

— É, amiga. Não vai rolar Irlanda não.

Gui deu um tapinha de leve na minha mão e bebeu mais do seu chopp.

— Ai, Gui. Poxa, nós tivemos um trabalhão pra chegar à opção da Irlanda, lembra? Eu já estava buscando rotas medievais para visitar... Até encontrei um restaurante-arena, que simula as lutas de antigamente...

— Eu sei, amiga. Mas não dá mesmo. Só de passagem iria quase todo nosso dinheiro. Pô, quem mandou a Irlanda ficar na Europa, né? Custava ficar num lugar mais barato?

— Aham, tipo Brasil?

— Tá louca? O custo de vida aqui é muito caro!

Eu ri do absurdo daquela conversa. Sentia que eu teria de me jogar naquela aventura e parar de opinar. No final das contas talvez todo aquele improviso me fizesse bem, afinal, sempre planejei muito as coisas e após minha última viagem, quando as coisas saíram um pouco de controle, eu andava receosa demais em me aventurar.

Podia ser bom para mim, simplesmente seguir com a maré, sem pensar e planejar tanto.

Talvez a "malice" do Rapha e o improviso da Gui fossem tudo de que eu precisava para virar o jogo da minha vida.

— Eu já tenho nossa solução.

Nós duas olhamos para Rapha. Quem o nomeou chefe do grupo?

— Argentina!

Ele tinha um ar satisfeito, como se tivesse chegado a um nível de inteligência que nós duas, meras mortais, não havíamos alcançado.

— Ai, Rapha. Argentina? — comecei.

— Pensem comigo: a economia deles não anda das melhores há muitos anos. Cada um real nosso vale vários pesos argentinos. Isso significa que todo o dinheiro que conseguirmos juntar nos próximos meses será multiplicado assim que pisarmos lá. Quer coisa melhor?

Eu tinha de admitir: por esse lado, as coisas começavam a ficar muito mais interessantes.

— Sem contar que a Argentina é logo ali. Se um de nós tiver algum problema... — Por que será que ele olhou pra mim? — Qualquer problema, voltar para casa é muito mais rápido. E barato.

Ficamos em silêncio, cada um pensando sobre todas as possibilidades daquela oferta. No final das contas, fui eu quem quebrou o silêncio.

— Que seja a Argentina, então!

Gui olhou para mim como se esperasse mais resistência de minha parte. Eu também esperava, mas, puxa, se já estou na chuva, agora tinha de me molhar por inteiro. E que fosse em águas *hermanas*, então!

O garçom novamente adivinhou nossos pensamentos e espontaneamente trouxe uma nova rodada para nós.

— À Argentina? — estimulei, querendo convencer a todos, inclusive a mim mesma, de que eu era e seria a mais animada para que essa viagem fosse perfeita.

Gui e Rapha pegaram seus copos e os ergueram no ar.

— À Argentina! — gritamos em coro, atraindo olhares das pessoas no bar.

CAPÍTULO 5

Foi com bastante surpresa e muita alegria que nos meses que se passaram eu recebi um bom número de tópicos para escrever artigos para a tal empresa canadense. É claro que até que o primeiro pagamento viesse eu tinha ficado superinsegura, achando que estava caindo na maior roubada, mas, quando vi o primeiro depósito de quase quatrocentos dólares na minha conta, quase surtei!

Gente, eu tinha feito todo aquele dinheiro sem sair de casa! Nesse ritmo, até o final do ano eu teria conseguido uma graninha boa, suficiente para estar na Argentina pelo tempo que planejamos, afinal, o câmbio do dólar americano para o peso argentino era bastante favorável; em quatro ou cinco meses eu teria dinheiro suficiente para estar lá sem nem precisar trabalhar!

Contei para Gui sobre o sucesso dos meus artigos e ela ficou superanimada. Envie alguns links nos quais eu sabia que havia texto meu postado e ela gostou do que leu, apesar de, como eu, não entender muito o propósito daquilo tudo.

Falei também que nós devíamos buscar alguma coisa para fazer na Argentina. Ficar meses à toa em qualquer país seria horrível!

Ela concordou comigo e eu sugeri que fizéssemos um curso de castelhano por lá. Tudo bem que a língua é muito parecida com o português, mas tem muito mais coisa diferente do que igual, e esse pensamento de "ah, eu sei português, então, posso falar castelhano tranquilamente" já tinha colocado muita gente em roubada. Todo mundo sabia disso, era só ver os filmes!

Rapha riu da possibilidade e minha vontade foi dizer que eu queria mais é que ele não ficasse na turma, mas, após uns dias, ele mudou de ideia. Suspeito de que seus pais o tenham influenciado.

A vantagem era que fazer esses cursos de língua não exigia nenhum tipo de visto, então, podíamos nos inscrever em qualquer um e frequentá-lo durante toda nossa estadia lá. Eu já tinha jogado a pesquisa na internet e encontrei um da UBA, a Universidade de Buenos Aires, no qual tínhamos que pagar uma taxa de matrícula e outra pelo curso inteiro, com aulas cinco vezes por semana em tempo integral no centro da cidade.

Não podia ser melhor!

Mas quem curtiu mesmo essa ideia foram meus pais. Bem melhor estudarmos alguma coisa por lá do que ficarmos de turismo à custa deles, né? Ouso dizer que minha mãe gostou tanto da minha sugestão que acho que é bem capaz de no ano que vem ela mesma se aventurar por aquelas bandas para aprender castelhano também.

Mandei todo o passo a passo e o formulário da UBA para a família Albuquerque, para que eles pudessem se inscrever. Era assim que eu me referia a eles quando os dois estavam juntos. Ao que parecia, os cursos de línguas durante o verão eram os mais concorridos e demos sorte de ainda haver vaga.

A segunda preocupação era onde nós nos hospedaríamos.

Concordamos que por mais que a melhor e mais fácil opção fosse ficar num albergue, isso não funcionaria pelo período inteiro que ficaríamos lá. Os cálculos de quanto gastaríamos só com diárias apontava claramente o quanto ficava desfavorável. Teríamos que pensar numa segunda opção, embora de imediato a melhor saída fosse ficar num albergue mesmo. Uma vez lá, teríamos de encontrar outra coisa.

Dessa vez, eu fiz questão de viajar somente após o Natal, pois no ano anterior eu fiz tudo correndo viajando após a última prova da escola, deixando meus pais sozinhos no fim de ano. Este ano, não. Queria fazer como mandava o figurino: cear à mesa, trocar presentes e ir dormir de madrugada, após ver algum filme natalino na televisão. Os Albuquerques não reclamaram da minha escolha, de modo que combinamos de viajar no dia 26 de dezembro, para dar tempo de digerir toda a comilança da noite feliz.

Éramos três agora, portanto, tudo tinha de ser multiplicado três vezes. Tudo bem que meu dinheiro era meu e não se misturaria com o deles, mas estávamos juntos nessa, então, cabia a mim me sacrificar um pouco para que conseguíssemos fazer tudo o que queríamos.

Foi pensando nisso que eu cedi à ideia louca do Rapha de irmos de ônibus para Buenos Aires.

Por termos optado viajar após o Natal, isso significava que estaríamos em altíssima temporada. Mesmo comprando com antecedência, os voos realmente estavam muito mais caros. Então, Rapha fez a pesquisa e descobriu que se comprássemos apenas o trecho de volta, antes do carnaval, sairia bem mais barato, pois ele achara um voo que fazia mil escalas e que por isso barateava o preço. Ele também descobriu no site da rodoviária e que duas empresas que faziam o trecho para a capital argentina tinham um preço bem bacana, e podíamos parcelar em três vezes.

— Você só pode estar brincando! — falei, quando nos encontramos na casa deles no feriado de outubro para acertarmos detalhes da viagem.

— Estou falando muitíssimo sério! — ele devolveu.

Busquei minha melhor amiga para ver se ela estava me apoiando ou apoiando o irmão, mas tudo que encontrei ali foi um "por mim tanto faz, resolvam vocês aí."

— Rapha! De ônibus pra Argentina? Pô, Buenos Aires é logo ali! Não dá nem três horas de voo! É menos tempo do que atravessar o Rio de Janeiro de carro na hora do rush!

— Não é uma questão de tempo de voo, Sofia, sim, de preço. Financeiramente, é mais vantagem que a gente vá de ônibus e volte de avião.

Financeiramente pra vocês, que são irmãos. Pra mim é muito mais jogo ir de avião e esperar vocês lá.

Apenas pensei isso, mas não disse nada. Não sou tão egoísta a ponto de aguar a viagem dos outros.

— Gente, mas... quantas horas de viagem dá isso?

Fiquei desenhando mentalmente o mapa do sul do Brasil e do nordeste da Argentina... Era muito chão!

— Aproximadamente vinte e oito horas.

— Vinte e oito horas?! Fala sério! — Minha voz saiu estridente, de tanto nervoso que eu sentia.

Rapha apenas sorriu, porque era inevitável não rir do absurdo que aquilo soava.

— Pense assim, Sofia... Você não fará apenas uma viagem, sim, várias!

Olhei para ele sem conseguir acreditar que ele tinha algum argumento para aquela loucura.

— O ônibus vai parando em vários lugares para descanso e para pegar passageiro. Nós faremos uma viagem por todo o sul do país e ainda conheceremos vários lugares que com certeza não estão no roteiro de viagem de ninguém.

Ele não está falando sério. Ele não está falando sério.

— Passa pelas Cataratas do Iguaçu? — Ouvi minha amiga perguntar.

Essa era a preocupação dela?

— Não, mana. Não passa. Mas tenho certeza de que veremos muito verde pelo caminho.

Aaaahhh, mas disso eu não tinha dúvidas!

— Sério, galera! Vinte e oito horas! Vinte. E. Oito. Horas! Só eu enxergo uma viagem sem fim nisso daí? E de ônibus ainda! O que eu vou fazer durante vinte e oito horas numa viagem de ônibus?

— Ih... Relaxa, amiga! — Gui se aproximou de mim e colocou um braço em meus ombros. — A gente compra um livro pra ler no caminho. Com certeza isso fará o tempo passar muito mais rápido.

Olhei de um para o outro e do outro para um. Eles já haviam conversado o assunto. Já haviam debatido os prós e os contras e chegado a um acordo. Cabia a mim me juntar a eles ou pular fora enquanto ainda havia tempo.

A aventura nem tinha começado e eu já sentia que seria voto vencido em qualquer votação que fizéssemos...

Sem escolhas, engoli o medo, ergui a cabeça e disse:

— Tá bom, vamos de ônibus então.

Por dentro eu estava uma fera, mas não queria passar a imagem daquela que não se aventura por nada. Se eu estivesse sozinha nessa, provavelmente não faria tal escolha; com amigos, porém, eu me sentia mais confiante em embarcar numa loucura. Porque é isso que você faz quando se está em grupo: aprende a pensar no coletivo, e não só em si mesma. E aprende a fazer sacrifícios e escolhas em nome do bem do grupo.

Talvez com isso eu me permitisse me jogar de cabeça nas chances da vida e conseguisse curar mais rápido a ferida aberta em meu coração.

— Para quem nunca viajou pro exterior, o senhor está me saindo um tremendo de um agente de turismo, hein? — alfinetei, mas Rapha apenas me *deu* língua como resposta.

— Quero que essa viagem seja perfeita. Ela tem de ser a melhor memória da melhor fase das nossas vidas.

Desde quando Rapha falava coisas desse tipo?

Cada vez mais eu achava que alguma coisa tinha acontecido com ele enquanto eu estive fora. Só não sabia ainda se isso era bom ou ruim.

Também foi ele quem cuidou da parte da hospedagem. Rapha achou um albergue cuja diária com café da manhã, mesmo num período de alta temporada como o Ano Novo, não era tão cara assim, então, fizemos nossa reserva para o período de uma semana, que era o tempo de duração do pacote deles. De repente, se o local fosse mesmo legal, a gente ficava mais uns dias até encontrarmos outro tipo de moradia para o período do curso.

Quando ele me mandou um e-mail avisando que tinha feito nossas reservas para três camas num quarto misto, imediatamente reclamei. Eu não queria ficar com ele no mesmo quarto, não, não! Eu já sabia que teria de aturá-lo durante toda a viagem, imagina ficando no mesmo quarto!

Entretanto, para minha infelicidade, só havia camas disponíveis em quartos mistos. Isso significava meninos e meninas misturados no mesmo cômodo.

Pensar em mim e na Gui dividindo o mesmo ambiente é uma coisa. Pensar em mim e Melody e até mesmo o doido do namorado dela, Pablo, era uma coisa. Agora, e se no nosso quarto ficassem aqueles caras esquisitos, sei lá, que gostavam de baderna, que chegassem de madrugada quebrando tudo e falando alto? Já pensou acordar de manhã e dar de cara com aquela bagunça, com caras fedendo e roncando alto?

Ai... Não. Não dava.

Para o meu azar, não tínhamos muita opção, então, minha única saída era rezar para que só tivesse meninas no meu quarto, ou que, pelo menos, os caras não fossem tão malas assim.

Quando o Natal chegou, levantei os olhos para o céu e agradeci ao meu anjo da guarda e quem mais estivesse cuidando de mim, por eu ter conseguido sobreviver àquele ano. Olhando para trás, simplesmente não conseguia acreditar. Lá no início, em janeiro, eu estava feliz da vida em West Palm Beach, ao lado de um rapaz maravilhoso — do seu jeito torto —, com quem eu timidamente planejava passar muito tempo junto. Tristan foi meu primeiro namorado e nós dois queríamos e lutaríamos para que nosso namoro desse certo, mesmo comigo no Brasil e ele nos Estados Unidos.

Mas, então, de repente...

Era automático: pensava em Tristan, no fim de tudo, e, imediatamente, pensava em qualquer coisa besta, tipo unicórnios ou biscoito sabor limão para distrair a cabeça e não começar a chorar de imediato.

Na noite de Natal, enquanto aguardava minha mãe terminar de arrumar a ceia, eu estava à janela pedindo que tudo corresse bem na minha viagem e que dessa vez eu conseguisse fazer tudo certo. Também pedi por Tristan, onde quer que ele estivesse, e lhe disse que eu ainda o amava e que sempre o amaria, independentemente do que acontecesse ou do quanto tempo passasse.

E eu sabia também que, onde quer que eu fosse, Tristan iria comigo.

CAPÍTULO 6

— Você vai se comportar direitinho dessa vez, não vai, filha?

Ouvir minha mãe falar aquilo fez meu coração se apertar dentro do peito. No fundo, ela ainda tinha receios do que pudesse acontecer nessa viagem, dada a minha experiência anterior. Porém, uma coisa eu tinha certeza: eu não me apaixonaria novamente.

Balancei a cabeça confirmando. A rodoviária Novo Rio estava tão lotada que, se não prestássemos atenção em nossas bagagens, era capaz de nos levarem uma.

— Não vá fazer nenhuma besteira na noite de ano novo, hein?

— Pode deixar, pai. Não farei nada.

Chegamos à plataforma "internacional" — se é que podíamos chamá-la assim —, na qual o único ônibus da viação *Crucero del Sur* aguardava seus passageiros. No meio do amontoado de gente avistei Rapha, e intuí que o resto dos Albuquerque deveria estar por perto. Sinalizei para meus pais e nos aproximamos deles.

— Achei que você não viesse, Zangada.

— Quem é Zangada? — perguntei a ele, sem entender o contexto daquilo, enquanto meus pais se aproximavam do senhor e da senhora Albuquerque para cumprimentá-los.

— Você.

Fitei-o direto nos olhos.

— E isso agora? Por que eu sou Zangada? Eu estou muito bem, obrigada!

— Aham, dá pra ver. Você está transbordando felicidade, ouço até fogos de artifício.

Sério, eu estava bem. *Estava*!

Só que agora ele tinha conseguido me irritar, e eu não daria o braço a torcer.

Qual era o problema dele?

— Não enche — finalizei, com meu argumento superadulto, enquanto entregava minha bagagem ao rapaz da viação que as estava etiquetando e guardando. Em seguida, aproximei-me dos meus pais para me despedir uma última vez. — Então... Acho que é isso — falei, chamando a atenção deles.

— Ai, minha filhinha... Fico com tanto medo! Você fica com esse negócio de viagem na cabeça e olha só no que deu! Agora você não para mais em casa!

Eu ri e abracei minha mãe.

— Fica tranquila, tia. Em grupo é mais difícil fazer besteira, tem sempre um vigiando o outro — disse a Gui, tentando tranquilizá-los.

— Façam uma boa viagem e liguem quando chegarem à última parada na estrada ainda em território brasileiro. Só pra dar um alô — disse o pai da minha amiga, e ela concordou.

— Pode deixar, pai! E, prometo que esse é o último adeus. Chega de viajar por um bom tempo!

Eles sorriram satisfeitos ao ouvir aquilo e eu os abracei forte, prometendo ser uma garota normal e mandar notícias periodicamente. E trazer todo tipo de bugiganga pra minha mãe ficar feliz.

Então, nós três nos aproximamos do motorista e apresentamos nossas passagens e nossos passaportes. Claro que podíamos utilizar nossas identidades nacionais, mas é muito mais legal usar o passaporte, já que eventualmente a Polícia Federal Argentina teria de carimbá-lo. O motorista verificou um por um e liberou nossa entrada. Meus amigos subiram primeiro no ônibus e eu fui por último.

Antes de entrar, virei-me na escada e sussurrei "amo vocês" para os meus pais.

Eu não tinha o costume de viajar muito de ônibus no Brasil. Nada pessoal, só não tinha tido muita oportunidade mesmo. Entretanto, eu me surpreendi com a estrutura daquele "prédio". Sério, o ônibus tinha dois andares e, se de fora já parecia grande, por dentro, era ainda maior. Na parte de baixo havia sete poltronas: duas duplas, à direita, e três sozinhas, à esquerda. Havia uma tela de televisão na parede à direita e o banheiro ficava logo atrás desta. Depois, vinha a escada, que ligava ao andar de cima e à cabine dos motoristas; eram dois, que se revezariam durante o trajeto. O andar de cima era quase igual à parte interna de um ônibus comum, com exceção das primeiras poltronas lá na frente, que, literalmente, tinham uma visão panorâmica de todo o percurso.

Uau!

Felizmente, meu assento era um dos solitários na parte de baixo. Meus amigos ficaram com um assento duplo ao meu lado. Era melhor assim. A viagem era muito longa para dividi-la ao lado de um desconhecido. Não, obrigada!

Vi quando os últimos passageiros entraram no ônibus. Em seguida, o motorista se apresentou brevemente, deu as instruções de segurança do veículo e se dirigiu ao seu assento na parte da frente. Com isso, inclinei minha poltrona, puxei o cobertor e o travesseiro que encontrara sob meu assento e os ajeitei numa boa posição. Depois guardei na minha bolsa o lanche de bordo que havia ganhado na entrada e coloquei-a entre mim e a parede.

Quando o ônibus deu a partida, Gui e Rapha se levantaram e vieram do meu lado acenar para nossos pais. O ônibus se afastou e eles voltaram aos seus lugares.

— Boa noite! — eu disse, mesmo ciente de que eram apenas 9h da manhã.

Teríamos mais de um dia de viagem pela frente, então, quanto mais eu dormisse, melhor para mim.

Foi por isso que eu tive a brilhante ideia de não só não dormir na noite de Natal, como também não dormi ontem, e isso me deixou bastante cansada para passar a maior parte da viagem desacordada.

Para fazer com que o tempo passe mais rápido, nada melhor do que dormir.

— Acorda dorminhoca! Ou você vai acabar com problema de pedra nos rins.

Levei alguns segundos para assimilar se eu de fato ouvi aquilo ou se meu cérebro ainda estava naquela zona de transição entre o sonho e a realidade, e estava projetando cenas desconexas.

Abri os olhos e vi quando Gui e Rapha saíram de suas poltronas e desceram do ônibus. Só então percebi que havíamos parado.

Olhei pela janela e, pela iluminação, percebi que o sol estava indo embora. Eu havia dormido boa parte do dia!

Segui o exemplo de meus amigos e desci do ônibus. Uma vez de pé, senti que realmente precisava ir ao banheiro. Antes que eu dissesse alguma coisa, Gui falou que ia naquela direção e eu a segui.

Depois de lavarmos nossos rostos e pentearmos nossos cabelos, que estavam um nó por conta da viagem, nós nos encontramos com Rapha na lanchonete.

— Onde estamos, afinal? — perguntei; eu não fazia a menor ideia.

— Curitiba, Paraná — respondeu minha amiga, enquanto pedia um sanduíche ao atendente da lanchonete.

Fiz um rápido cálculo mental. Isso significava que já havia passado quase metade da viagem! Doze horas inteirinhas devidamente dormidas!

Ainda bem que tive a ideia de não dormir antes de viajar!

Pedi uma porção de pão de queijo e um Mate Leão. Sabia que era relativamente difícil encontrar essa bebida fora do Rio de Janeiro, mas, aparentemente, aquilo não era um problema na parada de Curitiba. Era melhor eu aproveitar, pois com certeza não haveria nada disso em Buenos Aires, e esse sempre fora meu lanche favorito.

Nós nos sentamos a uma mesa para comermos tranquilamente. Era inegável que estávamos com uma cara péssima.

— E aí, o que vocês fizeram esse tempo todo? — perguntei, jogando uma bola de pão de queijo inteira na boca.

— Ah, de tudo um pouco, né, mana? Vimos filme, dormimos e, claro, falamos mal de você e do seu mau humor.

Parei um movimento pela metade e encarei Rapha.

— Como é que é?

— Ah, não liga não, Sofia. Ele fica fazendo isso de propósito. Ignora.

Olhei para minha amiga e depois para o irmão dela. Por ora, ia deixar isso para lá. Mas se essa provocaçãozinha gratuita continuasse, juro que daria um chega para lá nele.

Garoto abusado!

— Já estamos perto da metade, né, Gui? — Decidi que a melhor estratégia era seguir o conselho de minha amiga e ignorar Rapha por completo.

— Sim. O ônibus foi a São Paulo primeiro e depois desceu. Se continuarmos nesse ritmo, mais umas quinze horas e estaremos em Buenos!

Sorri para minha amiga. Acho que ela era a mais empolgada de nós três naquele momento.

— Vamos? Ainda quero ligar para meus pais enquanto não pagamos ligação internacional, hahahaha.

— É verdade! — ela concordou, pegando o celular da bolsa ao mesmo tempo que eu.

Enquanto Rapha dava uma volta para esticar as pernas, minha amiga e eu nos direcionamos ao caixa, pagamos nossa conta e subimos de volta ao ônibus.

Aconcheguei-me à minha poltrona novamente e abri o kit-lanche. Vinha suco de pêssego, *que detesto*; biscoito de leite, *esse até que não é tão ruim*; Polenguinho sabor pizza — *sério isso?!* — e biscoito Torcida sabor salsa e cebolinha.

Realmente, uma excelente opção para uma viagem tão curta. Para não dizer o contrário.

— Já vai comer de novo? — Ouvi o chato me repreender, surgindo de repente no corredor.

— Não, pode ficar.

Estendi o kit para ele. Eu não comeria nada daquilo, nem se eu estivesse com fome.

— Oba, valeu!

Olhei para Rapha de soslaio. Ele bem que merecia uma resposta à altura, por todas as provocaçõezinhas e comentariozinhos, mas calei-me. A hora dele ia chegar.

— Gente, mas são quase 9h da noite! — falei em voz alta, confusa, ao checar meu celular. — E eu achando que era fim de tarde ainda!

Aparentemente, no Sul do Brasil não só anoitecia mais tarde, como também o processo era mais rápido.

— Olha lá, o motorista já colocou outro filme!

Gui tinha razão. A TV acendeu e pude perceber que dentro do kit-sono, que vinha o cobertor e o travesseiro, também vinha um fone de ouvido. Coloquei-o e conectei-o no descanso de braço, por onde saía o volume da televisão. Logo comecei a me interessar por "Teus olhos meus", o filme que estava sendo exibido.

— Gato esse ator, hein? — comentei em voz alta.

— Muito, né? Emilio Dantas o nome dele — respondeu minha amiga.

— Jura que você o conhece? — Eu não podia acreditar naquilo.

— Claro que não, né? — interveio Rapha. — Ela não o *conheeeece*, apenas viu o seriado que ele fez uns anos atrás e gravou o nome dele.

Olhei para minha amiga. Eu queria rir porque o comentário tinha sido engraçado, mas não queria dar esse crédito ao mala.

— Puxa, então depois me diz mais filmes que ele fez para eu atualizar minha lista de galãs nacionais! — brinquei.

— Pode deixar, flor! Se soubesse o que anda surgindo no mercado ultimamente, desejaria ser adolescente novamente.

— Hahahahaah!

Tecnicamente, ainda éramos adolescentes. Mas, como estávamos na faculdade e éramos maiores de idade, então, na ponta do lápis não éramos mais "aborrecentes". No fundo éramos jovens na zona intermediária, nem criança, nem velho. Um jovem adulto seria o melhor termo para descrever.

Enquanto assistia ao filme — e ao talentoso Emilio que, sem dúvidas, figuraria nos meus sonhos naquela noite —, pensei em meus pais e no quanto eles deviam me amar, em permitir que eu tivesse uma segunda chance para realizar meu sonho. Não é fácil perceber que sua filha cresceu e, mais difícil ainda é vê-la sofrer por algo que eles não puderam impedir. Porque você pode proteger seus filhos de tudo, mas certas coisas eles só vão aprender errando e sofrendo com suas próprias escolhas. É isso que torna o crescimento de cada um tão único.

Quando o filme acabou, já era noite fechada na paisagem campesina. Virei o rosto para a janela e contei as estrelas no céu. Lá fora tudo tinha um tom de azul escuro, contrastando com a brancura da lua. Uma cor bem parecida com a cor da pele pálida de Tristan.

Suspirei profundamente.

Eu precisava afastar de meus pensamentos esse tipo de comparação.

CAPÍTULO 7

— Trinta minutos! Trinta minutos!

Despertei confusa. Olhei para o lado e vi que meus amigos estavam tão confusos quanto eu.

O ônibus havia parado novamente e, do lado de fora, a escuridão tomava conta. O segundo motorista abriu a porta e desceu, enquanto o outro subia a escada para despertar a turma do segundo andar.

— O que está acontecendo? Eu quero dormir... — resmungou Gui.

— Parece que o ônibus fez uma nova parada.

— Todos têm de descer! — gritou o motorista, aparecendo novamente na escada.

Ai, que saco! Devia ter um monte de mosquitos lá fora!

Joguei o cobertor na poltrona e desci do ônibus resmungando bastante. Meus amigos se juntaram a mim.

— Onde estamos? — Era uma pergunta retórica, mas, gente! Não tinha nada nos arredores, só mato!

— Foz do Iguaçu — respondeu Rapha.

— O quê?! — Gui e eu entoamos ao mesmo tempo, elevando nossa voz um milésimo.

Rapha apenas apontou na direção de uma cabine da polícia do outro lado.

Andei naquela direção para entender melhor a situação. Era uma cabine da Polícia Federal Brasileira e umas quatro pessoas de nosso ônibus seguiram por aquele caminho.

Então eu entendi.

— Isso é a imigração. Droga! — falei para ninguém em particular, mas fui contestada por minha amiga, que havia se aproximado sem que eu percebesse.

— Jura? Aqui? No meio do nada?

— Não estamos no meio do nada. Isso aqui é Foz do Iguaçu! — repetiu Rapha, abrindo ligeiramente os braços como se quisesse abraçar o cenário. — A última cidade do Brasil antes de entrarmos na Argentina! — E então ele abriu os braços mais ainda, como a estátua do Corcovado. — Adeus, Brasil!

Gui e eu nos entreolhamos, segurando a risada.

— Fala sério! Isso aqui é Foz do Iguaçu? — Ela olhou ao redor. — Cadê as Cataratas? Cadê os animais, a natureza e tudo mais?

Era inevitável não procurar pelas Cataratas, mesmo sabendo que, obviamente, elas não estavam ali, numa parada de ônibus.

— Mana, isso aqui é uma rodoviária. Vê? — Ele apontou para onde havia um pequeno guichê com bandeiras de diversas empresas de transporte terrestre. — Você não pode ter achado que os ônibus iam parar debaixo de uma cachoeira, né?

Sabíamos que ele estava certo.

— Isso é muito frustrante — encerrei o assunto, cruzando os braços.

Pouco depois, os quatro passageiros saíram da Polícia Federal Brasileira e voltaram para o ônibus. Com isso, pudemos partir novamente.

— Cara, se a gente ficar parando assim o tempo todo não vai chegar nunca! — comentei, vendo o ônibus passar pelo posto da Imigração brasileira.

— Faz parte, faz parte... — disse o mala, inclinando sua poltrona para descansar as costas.

Sério, essa aparente tranquilidade dele estava me irritando. Ele sempre sabia de tudo, tinha um comentário para cada situação e era o dono da verdade o tempo todo.

Não tive muita oportunidade de alimentar minha antipatia pelo mala, pois nem quinze minutos haviam se passado e o ônibus parou de novo.

Ai, saco! Amaldiçoei, deduzindo o lógico.

— Brasileiros devem descer com a bagagem de mão e documento de identidade ou passaporte! — gritou o motorista.

E lá fomos nós novamente. Ao menos as instalações da Polícia Federal Argentina eram um pouco melhores que as nossas.

Ponto para eles!

Senti uma felicidade inesperada quando o policial carimbou meu passaporte. Era o segundo registro que eu ganhava; de muitos que eu esperava ter um dia. Pode parecer bobagem, mas o fato de ter dois carimbos no meu documento me fez me sentir uma pessoa superimportante e viajada.

Um dia eu seria assim de verdade. Estava apenas começando minhas aventuras.

Uma dupla de policiais com luvas nas mãos revistou brevemente nossa bagagem de mão. Quando voltamos para o ônibus, percebi que dois outros oficiais revistavam a parte interna do veículo; em seguida eles desceram e aguardaram ao lado do bagageiro para que cada um de nós abríssemos nossas malas e mostrasse que não estávamos portando nenhum material ilegal ou ilícito.

Não preciso nem dizer que isso, sim, demorou um bocado!

Por outro lado, não pude deixar de comparar com o procedimento da Polícia Rodoviária do Brasil, do outro lado da fronteira, que não fez nem metade do que eles estavam fazendo ali.

Quando finalmente o ônibus partiu com todos a bordo, eu já estava profundamente arrependida de ter viajado por terra. Poxa, a Argentina era logo ali, rapidinho de avião! Por que fui dar ouvidos ao Rapha? O que ele entendia de viagem para o exterior?

Acho que meus amigos compartilhavam do mesmo sentimento que eu, pois ficamos calados por uns bons dez minutos.

E então, o ônibus parou. De novo.

— Isso só pode ser brincadeira! — Não consegui conter a irritação.

— E a Zangada ataca de novo!

Revirei os olhos para o mala e nem lhe lancei um olhar raivoso. Tinha de começar a controlar minhas reações aos comentários dele, afinal, ainda tínhamos muitos dias de convívio juntos.

Gui olhou para mim e meneou a cabeça. Até ela, que sempre é alto astral, já estava de saco cheio de tantas paradas.

— Trinta minutos! — berrou o motorista número dois, e pude perceber um sotaque em sua voz.

— Na boa? Trinta com mais trinta e mais trinta dá uma hora e meia, perdida em quê?

Eu realmente estava aborrecida dessa vez. Vi os passageiros descendo e, em seguida, vi Rapha se levantar.

— Vamos nessa, né? — ele disse.

Descer não me parecia uma ideia agradável, porém, ficar no ônibus era mais entediante ainda. Resignada, afastei a coberta, ajeitei rapidamente o cabelo com a mão e segui o resto do pessoal.

Do lado de fora havia um restaurante bem iluminado e todos os passageiros se encaminhavam para lá. Confusa, segui na mesma direção que eles, puxando meus amigos comigo.

Dentro do ambiente havia uma longa mesa de madeira coberta com uma toalha de linho branco, talheres e guardanapos dispostos na frente de cada cadeira. Os passageiros se acomodavam por ali com a maior naturalidade, como se já tivessem feito aquilo inúmeras vezes. Era provável que tivessem mesmo, posto que meu grupo era o mais jovem dali.

— Jantar? — sussurrei, com vergonha de ter feito uma pergunta tola demais.

— Parece que sim — falou Rapha, passando por mim e se acomodando na cadeira vazia mais próxima. Olhei para minha amiga, que deu de ombros e seguiu o irmão. Fiz o mesmo.

Dos fundos do estabelecimento surgiu um garçom com uma bandeja recheada de copos de refrigerante, os quais ele foi deixando em frente a cada passageiro.

— Oba, Pepsi! — observou Gui.

— Nossa! A minha é Pepsi Light! — Eu nem sabia que existia essa opção e fiquei encantada em perceber que o sabor era muito mais suave.

Meu estômago roncou alto, denunciando-me aos meus vizinhos. Eu não tinha reparado que não havia comido nada desde... Curitiba? Caramba! Nem me lembrava!

— Será que é caro comer aqui? — perguntei.

Eu andava preocupada, pois durante todo o mês de dezembro eu não havia recebido nenhum artigo para escrever. A empolgação inicial do projeto tinha logo minguado. Eu consegui economizar algum dinheiro, mas não era suficiente para esbanjar em coisas desnecessárias.

— Fala sério, amiga. Só o fato de podemos comer comida de verdade já vale qualquer preço que eles peçam.

Gui tinha razão. Para nossa felicidade, o garçom trouxe um prato-feito, com uma generosa porção de purê de batata e uma mais generosa ainda fatia de carne. A primeira carne argentina legítima que comíamos.

Trocamos olhares enquanto admirávamos nossos pratos. Tenho quase certeza de que chegamos a salivar. Parecia uma cena daqueles desenhos animados que passavam de manhã.

E em alguns minutos, nossos pratos estavam vazios.

Pouco a pouco as pessoas foram se levantando e voltando para o ônibus. Senti o sono tomar conta de mim, graças à boa alimentação que acabei de fazer. Ainda assim, eu me aproximei de um dos garçons e perguntei quanto e onde deveria pagar meu consumo. Ele sorriu de minha ingenuidade e disse que já estava pago pela companhia de ônibus.

Caraca! Como assim a minha passagem dava direito a uma refeição de verdade, quentinha, com gosto de "feita pela mamãe"?

Acho que o garçom leu isso estampado na minha cara, pois deu um tapinha em meu ombro e se afastou, rindo.

Quando contei para meus amigos, eles também ficaram incrédulos.

— Aí, mandamos bem, hein? — disse Rapha, cheio de orgulho de sua própria ideia.

— Não seja convencido, você nem sabia disso!

— Claro que sabia! Vocês acham que eu ia colocar minha maninha e sua única amiga em alguma furada?

Claro que ele não sabia de nada daquilo, mas também não daria o braço a torcer. Foi por isso que Gui e eu demos uns beliscões na barriga dele, só para deixá-lo ciente de que sabíamos de sua mentirinha.

Quando sentei novamente na minha poltrona e o ônibus deu a partida, senti meu corpo absorver os nutrientes do alimento recém-ingerido e começar a amolecer, entregando-se ao sono.

Mas quem disse que as surpresas pararam por aí?

Antes que pudéssemos dormir, o motorista No.1, que agora ia de co-piloto, apareceu de repente com uma garrafa e taças na mão.

— Champanhe? — ele me perguntou, oferecendo-me uma das taças.

Como é que é?

Nervosa, olhei para Gui, que estava tão admirada quanto eu.

— Como assim champanhe, moço? — indaguei.

Eu já não podia conter a risada, que ia aumentando a cada segundo. Tudo aquilo era surreal demais. Cheguei a duvidar de que eu estava realmente acordada.

— Se quiser também temos água e vinho — ele indicou.

Os olhos dos meus amigos estavam tão arregalados quanto os meus.

— Champanhe, claro! — respondemos os três ao mesmo tempo.

O motorista nos serviu e subiu para o segundo andar. Nós brindamos, rindo alto da improbabilidade da situação e da incrível sorte que nos acompanhava numa aventura que estava só começando.

— Você tem razão, Rapha. Foi uma ótima ideia ter vindo de ônibus!

Ele riu e bebeu um gole. Eu ri também e me acomodei na minha poltrona, saboreando a bebida argentina e sentindo as borbulhas dela fazerem cócegas no meu nariz.

Dormi como uma rainha.

CAPÍTULO 8

A luz batia em meus olhos, forçando-me a abri-los. Eu não queria. Ainda sentia o gosto dos lábios de Tristan nos meus, um gosto muito particular, só dele.

Uma buzina alta me despertou à força para a realidade, afastando para longe de mim a lembrança do rapaz que eu amei.

Abri um pouco a cortina e espiei para o lado de fora. Um mar de carros engarrafava a avenida. Aparentemente, já estávamos na cidade cosmopolita.

Suspirei alto. Queria voltar para o meu sonho. Queria voltar a sentir o gosto de Tristan.

Queria voltar a estar com Tristan.

— Sofia, tá acordada?

Mas Tristan e eu jamais estaríamos juntos novamente. Não nesse mundo. E era essa consciência que me fazia todos os dias acordar e querer voltar a dormir, onde eu podia estar com meu namorado.

Era muito difícil. Lembrei do Natal passado, quando ele apareceu de surpresa na casa da Lili e me presenteou com um colar com uma minúscula guitarra. Desde então, eu nunca mais o tirei do pescoço.

Inconscientemente, senti que havia levado minha mão naquela direção. Quanto tempo será que a gente leva para superar a perda do seu grande amor?

— Sofia? Eu sei que você está acordada.

Suspirei novamente. *É, eu também sei que estou acordada, só que eu queria não estar.*

— O que é, Rapha?

Ele riu torto.

— Bom dia para você também, Senhorita Mau Humor! Só queria dizer que já estamos em Buenos Aires.

Olhei para o lado de fora da janela, enquanto ele acordava a irmã. Os carros, vejam só, pareciam que haviam parado no tempo! Vi diversos modelos que deviam ser mais velhos que eu, com certeza! Não duvido de que fossem da década de 60 ou mesmo 50! Todos funcionavam, dava para ver, mas não deixava de ser curioso.

Sei lá! Dava a sensação de que a gente tinha voltado no tempo, para uma época em que os carros eram mais compridos porque não havia problema de estacionamento no mundo.

Comentei isso com meus amigos e eles riram ao perceber que eu tinha razão. Mal podia esperar para saber quais outras novidades Buenos Aires nos reservava.

Depois de quase quarenta minutos parados no mesmo lugar, finalmente o ônibus entrou na rodoviária e parou pela última vez. Tão logo desci, tomei um susto: a rodoviária estava lotada.

— Caraca! Por que tanta gente? — Não consegui evitar a pergunta, enquanto Gui me passava minha mala.

— Você pode já ter esquecido, mas foi Natal antes de ontem. Essas pessoas já estão metendo o pé para o Ano Novo ou estão voltando para suas cidades depois de terem ficado com suas famílias — respondeu Rapha, cheio de verdade, para variar.

Eu realmente não lembrava que havia sido Natal há tão pouco tempo. Parecia ter acontecido no mês passado! Olhei para o relógio e vi que passavam vinte minutos das 11h da manhã. Tentei calcular quantas horas tinha durado a viagem, mas desisti porque calcular qualquer coisa logo quando se acorda era castigo demais.

— Ei! Aonde você está indo? — gritei, ao perceber que Rapha já se afastava de nós.

— Temos de sair daqui! — ele gritou de volta.

— Mas como ele sabe que é naquela direção? — perguntei para Gui, pegando nossas coisas e seguindo o irmão dela.

— Sei lá! Ele deve ter visto no Google.

Aff.

Nós o alcançamos já do lado de fora, depois de desviarmos de algumas dezenas de pessoas no caminho.

— Ei, Rapha! Tudo bem que você saiba pra qual lado ir, mas não dá pra você sair andando assim, nos deixando pra trás. Estamos aqui em grupo, poxa vida!

Tive de falar. Mal tínhamos chegado e ele já estava agindo como se nós fôssemos crianças, e não o contrário! Era melhor falar logo no começo, pra não ter estresse depois.

— Tem razão, desculpe. Tô acostumado a andar sozinho — falou, agrupando nossas bagagens ao nosso lado.

— Bom, e o que fazemos? Tô com o endereço do hostel aqui. Pegamos um táxi? — Gui comentou, puxando um papel do bolso.

— Tenho uma ideia melhor. — Rapha apontou para um ônibus branco com a cara de leão estampado. — Aquele ônibus ali é da Manuel Tienda León. Se juntarmos nós três, sai mais barato irmos com o transfer que eles fazem do que ir de táxi.

— Tem certeza? — desconfiei. Ele nunca tinha saído do Brasil, como poderia saber tanta coisa?

— Não 100%, mas se estivéssemos no Rio e quiséssemos pegar um táxi nessa época do ano, com certeza pagaríamos mais caro, ainda mais se fôssemos estrangeiros. Além do mais, eu dei uma pesquisada na internet antes de vir, sabe? — Ele piscou um olho para mim, fazendo meu sangue ferver com aquela autoridade toda.

— Tem razão. — Gui deu o assunto por encerrado e pegou suas coisas. — Vamos lá.

Segui-os resignada até o guichê da empresa, onde compramos nossos bilhetes e um rapaz ajudou a colocar nossa bagagem no compartimento. Nós nos acomodamos no ônibus, e desejei intimamente que aquela fosse minha última viagem de ônibus por um bom tempo.

Não passou muito tempo até que o motorista nos avisou que havíamos chegado ao bairro de San Telmo, onde nos hospedaríamos. Descemos, pegamos nossas coisas e o agradecemos, em nosso melhor portunhol.

Havíamos descido na Avenida San Juan. Pelo mapa impresso que Gui tinha, nosso hostel ficava a dois quarteirões de onde estávamos, então, fomos naquela direção.

Felizmente, Gui tinha razão.

Do lado de fora o hostel parecia bem grande. Tocamos o interfone e Rapha nos anunciou. A porta se abriu automaticamente, apesar da aparência de madeira antiga.

Subimos uma escada de poucos lances e chegamos a uma ampla recepção, com piso de madeira, paredes vermelhas e quatro mesas com jogos de cadeiras dispostas de frente ao balcão. Todos os detalhes eram pintados de branco, contrastando bastante com o aspecto antigo do casarão. Uma Smart TV pendurada acima no centro da parede exibia o novo clipe da Madonna, que já nem era tão novo assim.

— Boa tarde! Temos uma reserva de uma semana em nome de Raphael, Gui e Sofia — anunciou-nos Rapha, que havia se aproximado do balcão da recepção sem eu nem me dar conta.

Aproximei-me junto e reparei no rapaz de corte de cabelo esquisito e com ar de cansado que nos atendia. Minha aparência não devia estar muito melhor do que a dele.

— *Hola! Bienvenidos! Son brasileiros*? Eu falar *un poquito* de português.

Nós rimos. Ele tinha um sotaque muito engraçado, mas é sempre bom encontrar alguém que fale sua língua quando você está fora do país. Traz um conforto muito grande, e uma sensação de segurança imediata.

— Ah, não liga não! Nós viemos fazer um curso de castelhano aqui em Buenos Aires, então, daqui a pouquinho a gente se entende — brincou a minha amiga.

— Ah, sim? Que bom! — O rapaz nos entregou fichas para preencher, o que fizemos enquanto ele continuava a falar. — Meu nome é Ariel e sou a melhor pessoa que vocês vão conhecer aqui na Argentina!

Nós levantamos nossos olhos do papel e rimos para ele. Que recepção agradável!

— Vocês vão ficar *en un cuarto compartido*, então, por isso, não há uma chave para o quarto.

Hum... Isso é ruim. Privacidade zero!

— Mas aqui estão... — Ele estendeu três pequenas chaves. — São para os armários de vocês. Ficam dentro do quarto, é só procurar pelo número na porta, que corresponde ao número da cama de vocês.

Entregamos as fichas e pegamos as chaves que ele deixou em cima do balcão.

— Por favor, pedimos que não troquem de camas, mesmo se não se lembrarem qual é a de vocês quando voltarem tarde da noite. — Ele riu nervoso, como quem já tinha presenciado aquela cena algumas vezes. — A roupa de cama e a toalha estão incluídas na diária e estão sob seus travesseiros. O café da manhã também está incluído e é servido aqui, das 7h às 10h da manhã.

— Muito obrigada, Ariel. Quero dizer, *gracias*, né? Não é assim? — Ousei, gastando todo o castelhano que eu sabia.

— Ahhh, *muy bien*! Qual o seu nome?

— Sofia — enrubesci. Por que eu enrubesci? — E estes são Gui e Rapha, meus amigos.

— Ahhh. *Mucho gusto*, eh? Muito prazer, como vocês dizem. Mas a Sofia aqui, que já fala castelhano, já é minha favorita. Desculpa-me.

Oi?

Senti minhas orelhas arderem.

— Aê, Sofia, arranjou pra hoje! — provocou Rapha.

Ai. Meu. Deus.

Baixei os olhos, com vergonha de encarar o mundo. Eu estava exausta da viagem e, se fosse ser honesta comigo mesma, não estava com a menor vontade de ser cantada por ninguém, mesmo que de brincadeira, ainda mais toda bagunçada do jeito que eu estava.

Ninguém merece, né?

— E pra onde fica nosso quarto? Desculpa, é que estamos supercansados, viemos de ônibus do Rio de Janeiro... — mudei de assunto.

— Do Rio de Janeiro? Que lindo! Deve ser *muy* lindo lá... — Ariel devaneou e aproveitei a deixa para pegar minhas coisas. — A habitação de vocês é esta aí logo em frente, não tem erro.

— *Gracias amigón!* — brincou Rapha.

— É "amigo" — devolveu Ariel.

— Eu sei. Mas daí não tem graça.

Não fiquei para ouvir o fim da brincadeira deles. Ouvir as palavras "quarto" e "cama" despertou todo o cansaço que meu corpo sentia. Apesar de eu ter dormido bastante na viagem, ter ficado as duas noites anteriores acordadas tinha sido muito exaustivo. Além do mais, dormir horizontal numa cama era bem diferente do que numa poltrona de ônibus. Abri a porta do quarto, olhei para o número 3 na minha chave e identifiquei a cama logo do lado esquerdo, na parte de baixo do beliche, perto da porta. Havia quatro beliches no quarto.

Oito pessoas. Maravilha!

Afastei essa constatação para longe. Tudo que eu queria naquele momento era deitar e descansar minhas costas.

Peguei a roupa de cama, arrumei o colchão, tirei os tênis e deitei do jeito que estava, imaginando que em breve meus amigos fariam a mesma coisa. Quando estamos exaustos, nada ao nosso redor funciona.

CAPÍTULO 9

Acordei com meu braço dolorido por causa do peso do meu corpo sobre ele durante o tempo que dormi. Eu não havia mudado de posição. Levei alguns segundos para lembrar onde estava e percebi que já devia ser noite, pois o quarto estava escuro. Eu estava sozinha, mas ouvi um barulho do lado de fora. Levantei e liguei a luz. Vi que todas as camas estavam desfeitas, o que me deu a entender que o quarto estava lotado.

Mal posso esperar!

Puxei o meu malão para perto da minha cama e retirei dali minha nécessaire, com uma muda de roupas. Peguei a toalha que estava em cima da minha cama e arrumei tudo num bolo só. Em seguida, levei minha mala para dentro do armário com meu número de cama e guardei tudo lá. Eu estava tão cansada, que dormi do mesmo jeito que cheguei, mas, agora, sentia que precisava lavar meu cabelo urgentemente e me refrescar daquele cheiro de viagem que estava impregnado em mim.

Olhei ao redor e foi quando eu me dei conta: cadê o banheiro?

Sensacional! O banheiro não fica no quarto! Constatei, com muito desânimo.

Abri a porta e encontrei meus amigos sentados a uma das mesas, conversando com um rapaz que também falava português.

— Pô, tu dorme, hein, Sofia? — alfinetou Rapha.

— O sono reparador da beleza tem que ser respeitado todos os dias — aticei. Por que ele tinha de ficar provocando o tempo todo? — Mas, naturalmente, dá para ver que você não sabe o que é isso — finalizei, torcendo o nariz.

Cara chato!

— O banheiro fica aí atrás de você, à direita do quarto — falou Gui, reparando que eu carregava minhas coisas nas mãos.

— Obrigada. Vou lá tomar um banho e já volto. Vocês já comeram? Eu tô morrendo de fome!

— Puxa, além de dorminhoca, ainda é comilona?

Olhei para o rapaz desconhecido à mesa com meus amigos. Quem ele era e por que já estava me sacaneando?

— Desculpa, eu te conheço? — Estreitei os olhos.

Claro que eu não o conhecia, mas dei-lhe uma oportunidade para se explicar.

— Esse é o Yuri. Ele é lá do Rio também — anunciou minha amiga.

O rapaz se levantou e estendeu a mão para me cumprimentar. Automaticamente olhei para baixo: minhas mãos estavam carregadas de coisas, e ele entendeu que eu não conseguiria cumprimentá-lo. Apenas assenti sem lhe dar mais conversa e virei na direção do banheiro, esperando que eles não ficassem falando mal de mim enquanto eu me afastava.

Parecia que meus amigos já tinham travado uma amizade com aquele rapaz. A mim, restava saber se ele seria uma boa ou uma má influência para o grupo.

Uma das coisas que mais amo no mundo é a sensação de limpeza após um bom banho. É indescritível! Parece que, sei lá, renova as energias, tira um peso que estava por cima, não sei. Só sei que quando me olhei no espelho, me vi outra pessoa. Não sei se as mudanças eram apenas por conta disso, mas eu já não via mais os traços da menininha Sofia na imagem refletida ali. Meus cabelos castanhos tinham crescido um pouco, mesmo depois que eu cortei as pontas vermelhas que eu pintei quando estava na Flórida. Meu rosto tinha uma expressão mais adulta, e isso se refletia nos meus olhos escuros. Podia ser coisa da minha cabeça, mas jurava que eu não tinha mais a mesma aparência.

Coloquei um short jeans e uma camiseta branca com os dizeres "I ♡ Florida" que eu comprara na minha última viagem. Gostava de me vestir assim quando estava em casa, dava-me mais conforto.

Encontrei minha amiga sozinha à mesa, olhando uns panfletos. Quando viu minha blusa, revirou os olhos, mas não disse nada. Ela trajava um vestido azul florido que ganhou uns três anos atrás, lembro-me bem. O cabelo estava preso num coque, com os cachos escapando pela ponta.

— Onde estão os meninos? — Puxei uma cadeira e sentei-me ao seu lado, após ter jogado minhas coisas em cima da minha cama no caminho até minha amiga.

— Foram comprar uma pizza pra gente. Você não tem problemas com sabores, né? Gosta de tudo?

— Sim, não me importo.

— Ótimo! — Ela se ajeitou na cadeira e arrumou um pouco as coisas na mesa, abrindo espaço para mim. — Amanhã vamos ter de resolver muitas coisas, pois é o último dia útil do ano, e não sabemos como as coisas funcionam por aqui. Sugiro irmos ao mercado comprar algumas coisas básicas e trocar mais dinheiro, só por via das dúvidas.

— Tem razão, vamos fazer isso sim! — Espiei alguns panfletos e peguei um. — O que você está olhando aqui?

— Ah, nada demais. Tô só dando uma olhada nas opções de turismo que eles oferecem aqui e o que se tem pra fazer na cidade. Pelo que andei lendo, a gente vai se divertir muito por aqui.

Olhei nos olhos da minha amiga e coloquei minha mão sob a dela.

— Claro que vamos! — Sorri.

A porta do hostel se abriu e Rapha e Yuri entraram por ela, carregando uma caixa de pizza cada um. O cheiro do queijo derretido chegou antes deles e meu estômago roncou feliz.

— Hum... Que cheiro maravilhoso! Vocês trouxeram pizza de quê?

— Pizza à la carioca — respondeu o outro rapaz.

Olhei bem para ele, pois tinha qualquer coisa de diferente ali. Não tinha nada a ver com seus olhos puxados, sua pele morena clara e a barba rala que parecia que nunca ia crescer de fato, tampouco com o cabelo muito preto e espetado ou as roupas folgadas que usava. Era o semblante dele. Parecia que o cara não tinha preocupação nenhuma na vida, ou que, pelo menos, não se deixava abalar por nada.

Um dia, quero ser assim.

Não pude deixar de desejar. Claro que ele devia ter suas preocupações pessoais, mas não demonstrava isso, e essa atitude devia deixar as coisas muito mais leves para ele. Talvez se um dia eu aprendesse a ser assim, as coisas se tornassem mais fáceis para mim também.

— E como é isso? — Riu Gui.

— Eu simplesmente cheguei para o atendente, falei que era carioca do Rio de Janeiro e, por isso, gostava de tudo que havia de melhor nessa vida. Assim, pedi para que ele colocasse um pouco de tudo que havia de bom nos recheios.

Ele abriu a tampa e reparei que realmente havia de tudo ali: presunto, pimentão verde, tomate, cebola, uns três tipos de queijo, azeitona preta e mais um tanto de coisa.

— Uau! — Minha amiga salivou. — Bom, vocês fazem questão de pratos? Porque eu mesma já estou pegando uma fatia.

— Negativo! Mas, tem que ter ketchup, né? — comentou nosso mais novo amigo.

— Claro! Porque carioca que é carioca, come pizza com ketchup — concordou Rapha, que seguiu o novo amigo até a cozinha e voltou de lá rapidamente, trazendo o molho e guardanapos.

— Ei, Ariel! Quer um pouco? — ofereceu Yuri, voltando à cozinha e trazendo copos para todos, enquanto Rapha abria uma garrafa de refrigerante que haviam trazido da pizzaria.

Olhei na direção da recepção e vi Ariel sorrir sem graça. Ele então se aproximou e pegou um pedaço. De tão cansada eu não havia reparado antes, mas ele trajava jeans surrado que devia ter anos de história para contar, um tênis velho que devia ter a mesma idade dos jeans e uma camiseta abóbora com o símbolo do albergue, que eu presumia ser o seu uniforme de trabalho.

— *Gracias*, amigos — disse, e se afastou novamente para o seu posto de trabalho.

O pouco que conhecia dele me dizia que aquele rapaz era legal: educado, simpático na medida certa, respeitador do espaço dos outros.

Ia grudar nele para pegar as boas dicas daquela cidade, fato!

Enquanto comíamos, cada um foi contando seus planos. Gui falou que começaríamos nossas aulas de castelhano no dia 2 de janeiro e que depois disso precisaríamos buscar um apartamento ou algo parecido para nos hospedarmos, pois ficarmos no hostel por quase dois meses sairia caro demais. Para nossa surpresa, Yuri — que estava se revelando mais legal a cada momento — contou que pretendia ficar mais ou menos o mesmo período em Buenos Aires.

— Sou produtor cultural — explicou. — Tenho uma produtora no Rio e estou aqui para realizar um megaevento que ocorre em várias cidades da América Latina a cada seis meses. Já aconteceu na Cidade do México e em Lima. Agora é em Buenos Aires e o próximo é no Rio, por isso fiquei à frente desses dois.

— Que legal! E o que exatamente você faz? — Não pude conter minha empolgação. Do jeito que ele falava parecia ser um desses empregos dos sonhos!

— De tudo um pouco e tudo ao mesmo tempo — Ele puxou um queijo longamente derretido, que ficou pendurado entre sua boca e a fatia de pizza. — Como sou o produtor, é como se eu fosse o dono, o responsável do evento. Isso significa que tenho de cuidar desde a contratação do pessoal até verificar se as luzes se acendem de acordo com o ritmo da música, além de verificar se as exigências dos artistas estão sendo cumpridas, para evitar estresse. Também antes do projeto acontecer, sou eu que tenho que correr atrás de patrocínio, convencer as empresas de que vale a pena investir no evento, entrar em contato com as bandas e negociar cachê com elas, etc.

— Nossa! Parece muita responsabilidade para alguém tão jovem! — observei.

— Não sou tão jovem assim — Ele piscou um olho para mim. — Além do mais, depois que você já está há anos fazendo o mesmo trabalho, você simplesmente se acostuma. E se você ama o que faz, não encara os desafios como sacrifícios, sim, como oportunidades para crescer enquanto profissional e como pessoa.

Uau! Ele realmente era um cara experiente. Talvez eu de fato devesse me espelhar um pouco nele. Quem sabe eu não conseguiria aprender algumas coisas?

— A Sofia aqui está estudando Jornalismo. — Minha amiga me deu um cutucão no braço, fazendo com que minha fatia de pizza caísse na mesa. Olhei pra ela sem entender.

— Ah é mesmo? E pretende seguir pela área de Comunicação? — Yuri mostrou-se interessado.

— Eu... Na verdade, não sei ainda. Terminei o segundo período agora. Tenho de decidir isso para o próximo semestre, mas ainda não analisei minhas possibilidades.

Nosso novo amigo limpou a mão livre na calça e puxou do bolso de trás um cartão, entregando-me.

— Se você decidir por essa área, me procure. Quem sabe não abrimos uma vaga de estágio até lá?

Olhei para o pedaço de papel em minhas mãos. Que sorte inesperada!

— Claro, eu iria adorar! Obrigada! — Fiz questão de olhá-lo nos olhos, para que ele visse que eu realmente tinha ficado agradecida, e não apenas tinha dito da boca para fora. Ter bons contatos era sempre a melhor coisa, fosse na área que fosse. Porém, conseguir uma oportunidade de estágio seria ainda melhor, principalmente porque eu não estava recebendo tantos artigos para escrever quanto esperava que acontecesse. Quando voltasse para o Brasil, definitivamente eu teria de buscar um trabalho mais concreto para mim.

— Mas então, tem bandas de todas as partes do mundo? — Rapha voltou ao assunto, retirando mais um pedaço de pizza da caixa. Acho que era a terceira ou quarta fatia dele.

— Sim, o festival se chama "La Mescla" exatamente por isso: pessoas de todas as partes do globo cantam e se misturam com outras. Por exemplo, uma cantora colombiana cantando em catalão, um grupo teatral chinês encenando Shakespeare e por aí vai. Do Brasil, teremos o Pedro Sampaio, conhecem? Também terá apresentação do Rubel.

— Acho que já ouvi falar, mas não conheço não — meu amigo respondeu por nós.

— Wow! Vocês têm de conhecer! Rubel é um querido! E Pedro Sampaio é um dos melhores DJs do Brasil! Vocês vão se amarrar!

— Com certeza iremos! Quando é? — decidiu minha amiga.

— O festival é daqui a umas semanas. Pedro Sampaio encerra o evento.

— Mas então por que você está aqui desde agora? Desculpe perguntar! — Eu e minha mania de me intrometer.

Yuri olhou pra mim com um sorriso sacana nos lábios.

— Vim antes porque sabia que ia conhecer você.

Não sei quanto tempo fiquei olhando para ele, piscando, sem acreditar no que ouvi. Após o que me pareceu uma eternidade,

Yuri gargalhou alto e arremessou um guardanapo na direção da caixa vazia da pizza.

— Você tinha de ver a sua cara! Hahahaha!

Senti meu rosto esquentar e abandonei o resto de pizza que ainda segurava. De repente, tinha perdido o apetite. Piadinha mais sem graça!

— Cheguei aqui no início de dezembro e tô ralando desde então. Tenho de vir bem antes porque além do festival em si, tem a montagem e a desmontagem de tudo, que eu tenho de acompanhar, e isso leva um bom tempo. Por isso, cheguei mais cedo, já aluguei um apê e por enquanto estou só aproveitando os dias da virada de ano enquanto o trabalho mais pesado não começa. E por trabalho mais pesado quero dizer enquanto as bandas não chegam, porque quando isso acontece, aí, sim, é um salve-se quem puder. Daí esses dias conheci uma gatinha que tava hospedada aqui, vim aqui, sabe como é... Mas ela foi embora hoje e eu acabei conhecendo vocês agora. Não é uma incrível coincidência?

Todos rimos juntos. Mais do que uma incrível coincidência, para mim parecia uma história meio mal contada, mas não quis entrar em detalhes.

— Jura que você alugou um apartamento mesmo? Foi difícil? Não tem vaga pra gente não? — Como minha amiga conseguia falar tão rápido assim? Ainda mais comendo!

— Difícil não foi não, e, por acaso, temos vaga, sim, se vocês não se incomodarem em dividir quarto. É que além de mim ainda tem a produtora daqui, que vai ficar conosco lá durante esse tempo. Vocês sabem, era mais fácil ficar junto, montar um quartel-general, do que ela ficar na casa dela. É bom que o aluguel fica mais barato pra todo mundo!

— Combinadíssimo! — concordamos em uníssono. Era inacreditável termos uma sorte tão grande em conseguir um apartamento para morar logo em nosso primeiro dia.

— Isso me lembra... Ô Ariel, já viu qual vai ser o esquema do Ano Novo aqui, afinal? — Ele elevou a voz para a recepção, que ficava a dois metros atrás de onde estávamos sentados.

— Aqui em Buenos Aires não tem tradição para Ano Novo não. As pessoas se reúnem para fazer uma *parrillada*, subimos nos telhados para ver os fogos de artifício e ficamos comendo, bebendo e dançando a noite toda, ou então vai-se aos boliches, fazer a basicamente mesma coisa — Ariel respondeu recostado na cadeira, que estava inclinada em direção à parede atrás de si e sob a qual ele se equilibrava com a perna dobrada sob o balcão da recepção. — Aqui no hostel vamos fazer isso, e quem quiser participar é só comprar o convite para podemos comprar as carnes e as bebidas — falou, olhando para mim, e eu desviei o olhar, fingindo que não era comigo.

— Peraí... — Rapha ria, quase sem conseguir falar direito. — Gente, o que é *parrillada*? E quem vai *prum* boliche no Ano Novo? Que coisa mais sem graça!

Ariel riu alto. Ele tinha uma risada gostosa, dessas que te faz rir junto porque parece risada de criança pequena.

— *Parrillada* é como o churrasco de vocês, mas a carne é muito melhor, vocês vão ver! — Ele desencostou da parede e digitou alguma coisa no computador à sua frente. — E boliche, pelo que estou vendo aqui, vocês chamam de "*boate*". É onde se vai para dançar.

— Hahahaha. Aqui a gente vai dançar num boliche, é mole? — minha amiga zombou e eu tive de me juntar a ela.

Ao que parecia, havia muito mais diferença entre o castelhano e o português e o Brasil e a Argentina do que imaginávamos. E aquele era apenas o primeiro dia de descobertas.

CAPÍTULO 10

O último dia do ano chegou bem rápido, e eu já me sentia familiarizada com o ambiente do hostel, que estava lotado. Havia gente de muitas partes do mundo lá e eu e meus amigos tivemos a oportunidade de conhecer alguns mochileiros. Decidimos passar esses primeiros dias descansando e nos ambientando com os arredores, e deixarmos o turismo para quando as aulas começassem, dali a dois dias.

Acordei vinte minutos antes do horário do café da manhã terminar. Era difícil acordar cedo com tanto entra e sai no quarto o tempo todo. Rapha já estava sentado tomando um café com leite, e a Gui ainda dormia, então, resolvi me juntar a ele.

O café da manhã, ou *desayuno*, como eles chamavam, era uma coisa muito peculiar. Consistia em uma xícara de café com leite e três *medialunas*; algo como o croissant dos franceses. Parecia uma refeição de adulto, e era muito gostoso! Os elementos realmente combinavam ali, e percebi que ficaria fã daquela refeição. Eu nunca tinha sido muito fã de café com leite, mas tinha qualquer coisa de diferente ali que o tornava gostoso.

Ou de repente era eu, mudando meus gostos.

Terminamos nosso café, animados, afinal, naquela noite haveria festa!

Peguei meu prato e o do Rapha e fui para a cozinha lavá-los. Ele se juntou a mim, trazendo nossas canecas.

— Será que temos de usar branco hoje à noite? — perguntou, roubando uma *medialuna* do pacote em cima do micro-ondas, ao que eu o repreendi com um olhar severo, mas ele deu de ombros como quem dizia; "estou comendo a parte do café da minha irmã, que não acordou a tempo".

— Acho que não. Bom, quando estive nos Estados Unidos, as pessoas não se preocupavam com esse negócio de vestir branco não. Acho que isso é só no Brasil mesmo, mas não tenho certeza. — Terminei o último prato e me virei para ele, que me olhava com a boca aberta e metade da *medialuna* pendendo na mão esquerda. — O que foi?

Ele largou a comida de lado e limpou as mãos na bermuda.

— Se eu te falar para ficar quietinha, caladinha, e confiar em mim, você me obedece?

Ai, socorro!

— O que é? — Meu coração começou a bater mais rápido, alertando-me que alguma coisa muito errada estava acontecendo.

Rapha se aproximou devagar de mim.

— Não se mexe.

— O que é? — sussurrei, sem poder me conter.

Ele já estava a poucos centímetros de mim e, por mais que fosse mais alto do que eu, pude ver que ele olhava para algum ponto acima da minha cabeça. Não me mexi, incerta se queria mesmo que ele respondesse minha pergunta.

Rapha estava perto. Perto demais.

Ele estendeu a mão na minha direção e, de repente, deu um tapa no topo da minha cabeça. No impulso, acabei tombando para frente, e ele me abraçou.

— Ai, meu Deus, o que era? — Minha voz saiu abafada porque eu o pressionava forte, meu rosto enterrado em seu ombro, com medo de ouvir a resposta.

— Quer mesmo que eu responda?

Ele acariciou meus cabelos e, automaticamente, levantei meu rosto em sua direção. Ele olhou para baixo.

Só que em vez dele me responder, ele me beijou.

Foi tudo tão rápido, que não consegui nem prever o que estava para acontecer. Mas, igualmente rápido, afastei-me dele, virando de costas.

— Desculpe — ele disse, e, em seguida, saiu da cozinha.

Fiquei sozinha ali, ainda de costas para o mundo, tentando assimilar o que acabou de acontecer. Ao longe, o barulho dos outros hóspedes do hostel lembrava a todos que aquele era o último dia de dezembro e os primeiros fogos de artifício estourariam aqui e ali pela cidade, iniciando a melancólica despedida do ano.

Não vou mentir e dizer que depois do incidente da cozinha não passei o dia inteiro pensando no que aconteceu.

O que não saía da minha cabeça era o porquê do Rapha me beijar. Eu nunca dei nenhuma brecha para ele entender que eu gostava dele; na verdade, sempre fiz exatamente o oposto: ia embora quando ele chegava, revirava os olhos quando ele falava e apenas o tolerava porque era o irmão dois anos mais novo da minha melhor amiga. Apenas isso.

Tudo bem que desde que ele surgiu como "bagagem extra" na nossa viagem eu comecei a reparar nele de uma forma diferente, mas nada nesse sentido. Era mais como se ele tivesse deixado de ser uma "mala" para ser apenas uma pessoa.

Mas, se eu fosse sincera comigo mesma, admitiria que o que mais me incomodava mesmo era o fato de ter sido beijada novamente. O último rapaz que me beijou tinha sido Tristan.

Sei que eu tinha prometido a mim mesma superar o que aconteceu na minha última viagem e seguir adiante com minha vida, mas era difícil. Era como se uma parte minha, chamada coração, simplesmente se recusasse a deixá-lo partir. Por mais que minha cabeça mandasse aproveitar a vida, meu coração dizia que não conseguiria passar por tudo aquilo novamente. Porque o coração só se entrega por completo uma vez na vida da gente.

Suspirei e afastei esse pensamento para longe. Hoje era dia de celebrar o fim de um ano difícil para mim, e esperar que o ano seguinte trouxesse só coisas boas. Era nisso que eu tinha que focar.

Passei o dia com a Gui, conhecendo as outras pessoas do hostel e traçando planos sobre tudo que gostaríamos de visitar. Às 9h da noite já estávamos todos prontos para começar a festa.

Apesar do que eu disse mais cedo, não resisti em usar as pulseiras do Tristan e o colar que ele me deu no Natal passado. Eu queria superar o que aconteceu, mas não queria esquecê-lo. Eram coisas diferentes.

Fomos para o terraço do casarão de dois andares. A parte de cima estava enfeitada com luzes coloridas e mesas dobráveis. A churrasqueira já estava acesa e Ariel tomava conta das carnes. Desde que cheguei eu sempre o via trabalhando, o tempo todo, parecia até que era o único funcionário do hostel. Aproximei-me para tirar a dúvida.

— *Hola*, Ariel. Já está trabalhando de novo?

— *Hola*, *hermosa*. Sim, eu não paro.

Achei estranha aquela palavra nova.

— Herm... O quê? Que isso?

Ele riu aquela risada gostosa.

— *Hermosa*. Bonita.

Dã! Ajeitei uma mecha do meu cabelo castanho para atrás da orelha, totalmente sem-graça com aquele elogio inesperado.

— Sim, estou trabalhando muito nesse verão. Os outros dois rapazes pediram demissão há uma semana porque queriam viajar, e eu fiquei sozinho. O gerente reveza comigo, ele vem de manhã muito cedo e no fim da noite, ficando umas poucas horas. Por conta disso, estou dormindo aqui mesmo, porque não daria tempo de eu voltar para casa.

— Você mora muito longe? — Eu não fazia ideia da distância das coisas.

— Sim. San Telmo é um bairro da parte turística de Buenos Aires. Eu moro num bairro chamado Flores, que fica na Grand Buenos Aires. Para o Norte.

— Ah... Com esse nome, deve ser um lugar muito bonito! — Eu já estava imaginando um Jardim Botânico estilo os filmes de princesa da Disney.

Ele virou uma carne e me olhou com aqueles olhos pretos que me lembravam muito os olhos do Snoopy, aquele cachorro do desenho animado, porque transpareciam carinho e segurança ao mesmo tempo.

— *Noooo*... É feio, *muy* feio.

— Que pena! — Eu ri. — Já estava acrescentando à minha lista de lugares a visitar.

— *Mira*, *hermosa*. Há muitos lugares bonitos para ver em Buenos Aires, e se você quiser, eu te levo a conhecer cada um deles.

Levantei uma sobrancelha.

— Jura?

— Prometo! — Ele cruzou o coração com o pegador de carne, e ri de seu gesto desengonçado. — Mas, antes, você tem que provar um drink portenho.

— Portenho?

— Bom, portenho se diz a tudo que é do porto, daqui de Buenos Aires. Mas nem sei se esse drink é portenho mesmo. — Ele se afastou e foi até onde estava o bar, em cima de uma das mesas. Voltou com dois copos escuros. — Prova.

— O que é?

Peguei o copo e provei um gole. Tinha um sabor amargo como xarope de criança, mas não era ruim.

— *Fernet* com coca. É típico daqui.

— É mesmo? Eu gostei!

— De verdade? — Ele parecia surpreso. Só por causa dessa reação dele, fui até a mesa das bebidas, peguei a garrafa que eu o vi usar da outra vez e me servi de uma dose pura num copo. — É ruim tomar puro? — questionei, aproximando-me da churrasqueira novamente.

— *Noooo*! Não se toma *Fernet* puro!

— Por que não? — provoquei.

— *Noooo*! É ruim, é amargo!

Senti-me desafiada e tomei a dose toda do copo. Realmente o gosto era mais amargo que o drink, que era suavizado e disfarçado pelo sabor da Coca-Cola, mas não chegava a ser ruim. Era como um xarope alcoólico.

Ariel olhava para mim num misto de admiração e deboche.

— O que foi?

— *No* se toma *fernet* puro.

Dei língua para ele e baguncei seus cabelos negros, dando-lhe as costas para me juntar aos meus amigos. Ariel tinha esse corte de cabelo típico dos argentinos, que era um corte normal na parte de cima, e depois vinha aqueles *mullets* na parte de trás pescoço. Nunca vou entender por que os argentinos faziam isso.

Na pista de dança, Rapha se esbaldava com uma gringa. Fiquei observando-o. Ele era uma cabeça mais alto que eu e mais moreno que Gui e eu, porque sempre arranjava tempo para ir à praia. De resto, os traços físicos dos dois irmãos eram iguais: os mesmos olhos e cabelos escuros, só que Gui tinha o cabelo comprido e cacheado nas pontas, enquanto Rapha tinha-os cortado rente à cabeça. Ele até que dançava bem, mas eu nunca, nunquinha, havia pensado nele de qualquer outra forma que não fosse como um ser ao qual eu automaticamente deveria ignorar, independentemente do que fosse. Para falar a verdade, aquele tinha sido o dia que eu mais pensei nele na minha vida, e não era no bom sentido.

Como se estivesse adivinhando meus pensamentos, ele se aproximou de mim.

— E aí, tá se divertindo?

— Não vejo a hora de esse ano acabar!

Ele riu e brindou comigo com um copo imaginário. A sinceridade com que falei aquilo surpreendeu até a mim mesma.

— Um brinde ao fim do ano!

Brincamos um pouquinho, mas, de repente, se instaurou aquele momento constrangedor em que um garoto e uma garota estão parados lado a lado e nenhum dos dois fala nada, muito embora tenham muito que conversar.

— Sofia, eu...

— Tá tudo bem — falamos juntos.

Quando percebi o que aconteceu, sinalizei para que ele continuasse.

— Eu só queria te pedir desculpas. Você sabe, por mais cedo.

— Uhum. Tá tudo bem.

— Sei que está. Mas eu preciso dizer tudo que eu tenho pra dizer.

Fiquei calada, curiosa demais para prosseguir, e dei-lhe a chance para continuar.

— Você me ignorou a vida toda, mas eu sempre reparei em você. Desde pequeno, a única garota que conhecia era você, a melhor amiga da minha irmã. Você ia lá em casa todos os finais de semana, dormia lá...Eu cresci sonhando contigo, sonhando com o dia em que eu iria te beijar e a gente se apaixonaria um pelo outro...

Ai. Meu. Deus!

Aquilo não podia ser verdade. Eu não podia estar ouvindo aquilo. Era demais. Demais.

Virei para o lado, para o bar improvisado da festa, e me servi de mais uma dose de *Fernet* puro, mas, dessa vez, o copo inteiro. Bebi um gole generoso. Não estava certa de que queria ouvir até o final o que o Rapha estava para dizer, e definitivamente não estava preparada para ouvir aquilo tudo.

— Mas depois que eu te beijei, foi como se o encantamento tivesse acabado.

Peraí. O quê?

Acho que ele reparou meu espanto, pois se apressou em se justificar.

— Não me leve a mal, você continua linda e eu gosto muito de você, mas, sei lá, foi como se fosse um encantamento mesmo, saca? Sonhei com esse momento a vida toda e, quando aconteceu, não foi tudo aquilo que eu esperava. Daí me dei conta de que devia ser encanto mesmo, e agora ele se quebrou e eu me sinto livre. Não pense mal de mim, tá? Eu sempre vou gostar muito de você.

Rapha me deu um beijo no rosto e se afastou de volta para a pista de danças.

Eu não podia acreditar no que tinha acabado de ouvir. Só podia ser brincadeira. Piada.

Que raiva! Que raiva! Que raiva!

Passei o dia todo pensando nele, pensando numa forma de ter uma conversa séria com ele sem magoar seus sentimentos e agora o Rapha me vem com essa conversinha toda? De que "não foi tudo aquilo que ele esperava"? O que ele estava sugerindo? Que meu beijo não era bom? Que eu não era boa o suficiente para ele?

Cara, como os garotos conseguiam ser tão safos assim? Ele acabou de me dizer que tinha mil sentimentos por mim e, de repente, tudo isso some e ele segue a vida numa boa, como se nada tivesse existido.

Meu orgulho ferido estava gritando mil desaforos dentro de mim e eu precisava conversar com alguém.

Olhei ao redor e não encontrei Gui em nenhuma parte. Não tinha a intenção de dedurar o irmão dela, mas eu precisava de alguém para me distrair para controlar a raiva que eu estava sentindo naquele momento.

— *Atención*! A contagem regressiva vai começar! — gritou Ariel, lá do fundo, largando a churrasqueira e indo para o centro da pista. — Dez! Nove! Oito! Sete!

Droga de Ano Novo! Não dava para esperar mais uma horinha?

— Seis! Cinco! Quatro!

Ah, dane-se essa coisa toda! Esse ano todo, cheio de altos e baixos, muito mais de baixos que de altos. Dane-se esse ano em que o amor da minha vida morreu de forma misteriosa e eu tive de ir ao enterro dele, no dia dos namorados. Dane-se esse ano em que Rapha veio com esse papinho de que gostava de mim e depois que eu não era tudo aquilo que ele esperava.

Dane-se esse mundo de homens!

— Três! Dois!

— Um! — gritei, juntando-me ao grupo de pessoas desconhecidas, mas que, naquele momento, eram meus melhores amigos de uma vida inteira.

CAPÍTULO 11

— Ai, *está tudo rodando.*

Abri os olhos e tive de piscar diversas vezes. Uma martelada constante e insistente em algum lugar ali fora tinha me acordado, mas eu piscava porque não fazia a menor ideia de onde estava.

— *Buen día*!

Virei para o lado, assustada em ouvir uma voz masculina tão perto de mim.

— Ariel?

Ele segurava um origami cor-de-rosa em forma de pássaro, oferecendo-o a mim. Peguei-o, extremamente confusa.

— Você... Você quem fez? — Na verdade, não era bem isso que eu deveria perguntar, mas também não sabia muito bem por onde começar.

Ele apenas balançou a cabeça, concordando.

— Você está bem?

Ariel estava sendo gentil, falando baixo, talvez já imaginando que eu fosse acordar com dor de cabeça. Mas nada disso estava ajudando minha confusão, afinal, eu estava deitada numa cama com ele ao meu lado!

— Onde estou? O que estou fazendo aqui? O quê...

— Calma, *hermosa*. Tá tudo bem, não aconteceu nada.

Fiquei confusa.

— Nada? Nada mesmo?

— Nadinha.

Senti uma onda de alívio me invadir. *Ainda bem!*

— E o que eu estou fazendo aqui? Aliás, onde eu estou?

— Calma. Você está no meu quarto, no hostel.

Olhei ao redor. O quarto era bem pequeno, mas tinha de tudo um pouco. Um colchão de casal em cima de um palete, uma mesinha encostada na parede com um pequeno espelho e algumas roupas jogadas. Não era exatamente um apartamento, era apenas um quarto mesmo.

— Onde fica esse quarto, que eu nunca vi?

— Vem. Vamos lá fora que eu te mostro.

Assenti com a cabeça e, ao me levantar, notei que eu ainda estava com a roupa da noite anterior.

Menos mal.

Saímos do quarto e descemos pela escada que ficava atrás da recepção. Do lado de fora, percebi que o cômodo era um lugar inventado — como um puxadinho brasileiro — entre o primeiro e o segundo andar, e ficava exatamente em cima da cozinha. A parede do quarto era a que sustentava a televisão que vimos da recepção. Lá de baixo não tinha como adivinhar que aquele espaço existia.

— Vamos comer alguma coisa?

Tão logo ouvi aquilo, dei-me conta de que estava com fome. Apesar do churrasco de Ano Novo, não me lembro de ter comido muito na noite anterior.

— Sim.

— Vamos lá fora, hoje não tem *desayuno* aqui no hostel.

Assenti, tímida demais para questionar qualquer coisa. Tivemos de andar um pouco, afinal, como em qualquer lugar do mundo, tudo estava fechado no dia 1º de janeiro, muito embora fosse uma segunda-feira quase 11h da manhã.

Finalmente encontramos uma Panaderia, que é como eles chamam uma padaria lá. O local era bem pequenininho, e tinha cara de que estava abrindo naquele momento.

— Um café com leite e três *medialunas* para cada um, por favor! — pediu Ariel, enquanto nos sentávamos.

Comemos em silêncio. Em minha cabeça tentava reunir os *flashes* da noite anterior para conseguir entender como eu tinha ido parar num quartinho que eu nem sequer sabia que existia. Pagamos a conta e saímos pelas ruas de San Telmo, perambulando sem destino fixo. O cheiro de álcool na calçada indicava que ninguém naquela cidade acordaria antes da hora do almoço.

No caminho de volta, paramos diante de uma igrejinha muito simpática, a uma quadra do hostel. Era um dos poucos lugares abertos naquele horário e na entrada havia um espaço com um jardinzinho meio mal cuidado, com uma mureta contornando-o.

Nós nos apoiamos nela para descansar.

— O que aconteceu ontem? — Não aguentava mais tanto silêncio e precisava encaixar as peças faltantes daquela história.

— Depois da contagem regressiva você veio até mim e nós dançamos a noite inteira. Quando já estava quase amanhecendo, você começou a reclamar que não sabia onde estavam seus amigos e que não queria ficar sozinha naquela noite. Disse isso tantas vezes, que eu acabei dizendo que você podia dormir comigo no meu quarto. E você aceitou.

Por que eu fazia isso? Sério. Era cada situação que eu me metia!

Ano passado, quando eu estava nos Estados Unidos, algo semelhante ocorreu: eu fui a uma festa com Melody e os amigos dela, fiquei chateada com a forma com que Tristan me tratou, bebi demais, quase fiquei com um carinha e, no final, acordei na minha cama, sem lembrar como havia chegado lá.

Mas eu não me lembrava de ter bebido tanto assim ontem. Será que eu estava começando a desenvolver um problema com bebidas?

Como se lesse meus pensamentos, Ariel acrescentou:

— Você nem bebeu tanto assim, mas me parecia chateada com alguma coisa, e acho que isso ajudou para que você seu nível adrenalina tomasse conta dos seus sentidos — ele brincou.

Acho que a combinação bebida + aborrecimento não me fazia muito bem.

— A gente...?

— Não! — ele se apressou em justificar, sem poder conter uma leve risada. — A gente nem se beijou.

Respirei aliviada, de alguma forma orgulhosa de mim mesma por meu autocrontrole em situações de alto estresse.

— Mas eu quero te beijar, Sofia. — Ele fez uma pausa. — Se você quiser.

Sustentei seu olhar, ganhando tempo para pensar na questão. Ariel tinha os olhos negros e doces, era um rapaz muito fofo, gentil e cuidou de mim na noite anterior. Outro rapaz no lugar dele poderia ter se aproveitado da situação, mas não ele.

Não consegui responder. Para mim, era difícil falar essas coisas em voz alta, então, apenas inclinei levemente a cabeça, consentindo.

Era o primeiro dia do ano. Eu precisava deixar todas as coisas que aconteceram no ano passado, boas e ruins, onde elas deveriam ficar: no passado. E seguir em frente com minha vida. Ou pelo menos começar a tentar.

Ainda que a lembrança forte de Tristan latejasse no meu peito.

Ariel aproximou a mão direita do meu rosto e me fez um carinho na bochecha, como se estivesse pedindo permissão. Instintivamente, meu rosto se inclinou na direção de sua mão e ele tomou isso como um caminho livre.

Devagar, ele aproximou seu rosto do meu e nossos lábios se uniram.

No princípio, senti-me como uma criança, beijando pela primeira vez. Ariel media cada um de seus movimentos, como se soubesse que eu poderia mudar de ideia a qualquer momento e colocar tudo a perder, e ele não queria isso. Não que eu fosse esse tipo de garota, mas, lá dentro, no fundo do peito, eu ainda estava muito machucada, e muitos sentimentos se debatiam dentro de mim, incerta sobre o que estava fazendo.

Ariel foi ganhando confiança e começou a me beijar de verdade. Seu beijo era diferente do que eu esperava: era quente, cheio de paixão, como se tivesse passado a vida inteira esperando pelos lábios certos.

Derreti.

Flagrei-me devolvendo-lhe o mesmo ardor, até que, por fim, empurrei-o para trás levemente, separando-os.

— Acho melhor sairmos daqui. Estamos na porta de uma igreja!

Ele riu, recuperando o fôlego.

— Tem razão. Bom, hoje eu não trabalho. Posso te levar para dar uma volta na cidade?

Parecia uma boa ideia. Eu não tinha nada programado para o dia, as aulas de castelhano só começariam no dia seguinte e eu não fazia a menor ideia de onde estavam meus amigos.

Andamos até o ponto de ônibus e, para nossa sorte, não tivemos de esperar muito até que passasse um. Achei o veículo muito curioso: primeiro porque a pessoa pagava direto ao motorista de acordo com o trajeto que faria; segundo, porque pagava apenas com moedas; e terceiro porque enquanto o ônibus andava, fazia um som como se fosse um suspiro bem alto. Devia ser a suspensão a ar, mas, para mim, parecia que o veículo estava se lamentando, como se estivesse cansado. Ou triste. Ou de coração partido.

Deu-me vontade de dizer "sei bem como você se sente, meu amigo", mas me contive, afinal, não queria parecer uma louca que fala com os ônibus.

O trajeto não era longo e, poucos minutos depois, descemos direto no centro do bairro da Recoleta.

— Peraí. Você me trouxe para um cemitério?

Não pude me conter, ao me dar conta de onde estávamos. A ideia de encontro dele era beeem diferente da minha.

— *Y sí*! — Ele riu da minha reação. — Mas não é um cemitério comum, este é o mais famoso de Buenos Aires, talvez o mais famoso da Argentina. Os principais argentinos estão enterrados aqui. *Y bueno*, não tem muitas coisas abertas no primeiro dia do ano, né?

Tive de concordar, embora ainda achasse esquisito esse negócio de visitar cemitério.

Ariel percebeu que eu estava um pouco incomodada e segurou minha mão. De alguma forma, aquilo me acalmou, e deixei que ele me conduzisse pelas vias estreitas do cemitério da Recoleta.

O lugar, para minha surpresa, estava repleto de turistas. Mais espantoso ainda foi ver que eles não se incomodavam em tirar foto com as lápides! Credo! Achei aquilo de um mau gosto terrível!

Ariel me mostrou a lápide de Evita Perón, a famosa ex-primeira-dama da Argentina, superamada naquele país e que ficou mundialmente conhecida pelo filme estrelado por Madonna e Antonio Banderas. Virou até musical da Broadway! A lápide estava repleta de flores, cartões, oferendas e tudo mais, o que demonstrava que, mesmo hoje, décadas após a sua morte, ela continua sendo uma pessoa muito amada pelo seu povo.

Ariel e eu ainda estávamos bastante cansados da noite anterior mal dormida e resolvemos voltar para San Telmo. Quando chegamos, ele me convidou a visitar a Feira de San Telmo, que ocorre todo domingo e era ali pertinho do hostel.

Como já era meio da tarde, quando chegamos à feira ela já estava quase acabando, porém, ainda deu para ver a exposição de algumas barracas, que ofereciam de tudo, até mesmo coisas que eu nem lembrava que existiam ou coisas que eu nem imaginava que as pessoas podiam vender, como celulares com flip, telefones de discar, moedas antigas, mata-borrão! Tudo de uma época que eu não era sequer nascida! Achei incrível!

Depois de passearmos por umas duas horas pela feira, Ariel sugeriu que nos sentássemos na varanda superior de um restaurante que ficava num casarão da esquina. Falou que logo haveria uma surpresa e que era melhor eu aceitar o convite. Topei. Ariel, então, pediu uma meia garrafa de vinho sem nem perguntar se eu queria. Eu não estava a fim de beber nada que não fosse água, mas, para nãos ser mal-educada, decidir aceitar uma taça e tomar apenas um gole.

Poucos minutos depois a praça se encheu de turistas e um incrível show de tango começou ali mesmo. A música, típica argentina, parece um lamento de um coração sofrido, bem parecido com o que eu sentia por dentro. Quando dei por mim, estava com minha cabeça apoiada no ombro de Ariel, e ele fazia carinho em meu braço, para cima e para baixo.

Talvez aquele fosse um bom começo de ano, afinal de contas. Estar com ele ali era inesperado, e talvez tudo que eu precisasse era me dar uma nova chance, dar uma nova chance ao meu coração, e deixar que as coisas acontecessem com seu tempo, sem pressa, sem pressão.

CAPÍTULO 12

Já era de noite quando voltamos para o hostel e, logo de cara, encontrei Gui, Rapha e Yuri sentados à mesa, junto de outra menina loira que eu não conhecia. A menina estava pendurada em Gui como se as duas fossem melhores amigas desde pequenas. Resolvi não dar muita importância a esse detalhe.

— Epa! Esse ano começou bem pra esses dois! — zombou Yuri, quando me viu de mãos dadas com o recepcionista do lugar.

Institivamente eu soltei a mão de Ariel, mas não antes que meus amigos reparassem.

— Estamos vendo o melhor caminho para chegar ao curso de castelhano amanhã. Você lembra que amanhã começamos nossas aulas, né? — falou Gui, e pude perceber certa antipatia em sua voz.

Juntei-me a eles à mesa e Ariel subiu para o quartinho, deixando-nos à vontade depois de cumprimentar a todos de longe.

— Claro que lembro, amiga. Aliás, estou superanimada para aprender castelhano!

— Imagino por quê... — provocou novamente Yuri, e, dessa vez, dei-lhe um chute na canela por debaixo da mesa, ao que ele respondeu com uma careta.

— Yuri nos ofereceu de nos mudarmos pro apê dele, Sofia — anunciou Rapha. — Vai sair bem mais em conta do que ficar mais quarenta dias morando nesse hostel, mesmo incluindo o metrô de ida e volta.

— Ah... É mesmo? — Esperei sinceramente que ninguém na mesa tivesse reparado no tom levemente desapontado de minha voz.

Não é que eu não achasse a ideia bacana, mas tínhamos acabado de chegar ali, nem tínhamos feito turismo pela área ainda, e, bom, mal conhecíamos aquele rapaz também.

Sem contar Ariel, que... Bom, não queria incluir Ariel como um motivo, embora tivesse passado um dia muito agradável com ele hoje.

— Bom, na verdade, o apê tá alugado pela Maitena aqui. — Ele apontou para a loira abraçada a Gui, que apenas acenou com a cabeça e me deu um sorriso bege. Era impressão minha ou ela não fazia a menor questão de eu gostar dela? — Essa é a moça argentina de que lhe falei, que era produtora também e está trabalhando no evento que estou organizando.

— Ah, muito prazer! — Tentei mudar minha primeira impressão com ela, afinal, vai que um dia viéssemos a trabalhar juntas? — E onde fica o apê mesmo?

— No bairro de Belgrano, na Zona Norte da cidade.

Ficamos ali durante um tempo, analisando as possibilidades e fazendo cálculos. Tive a impressão de que já tinham conversado tudo e tomado a decisão antes de eu chegar, então eu apenas ouvi tudo que debatiam e concordei com o que diziam. Embora a ideia de me mudar novamente me deixasse cansada só de pensar no assunto, ainda mais com a ressaquinha pós-Ano Novo.

Não era muito tarde da noite quando resolvemos ir dormir. A noite anterior havia sido intensa, e ninguém havia descansado direito. Fui ao banheiro lavar o rosto, enquanto os outros se encaminharam para o quarto. Quando saí, encontrei Ariel me esperando.

— *Hola*...

— *Hola*.

Ficamos os dois parados na porta do banheiro. Foi ele quem quebrou o silêncio.

— Eu gostei muito da nossa tarde hoje.

— Eu também — respondi rápido demais.

Ele se aproximou e segurou minha mão.

— Eu gostaria de repetir mais vezes, enquanto você estiver aqui em Buenos Aires.

— Hum... Claro. Será uma ótima oportunidade para praticar castelhano!

De verdade que aquilo me pareceu uma boa ideia, embora esperasse que, no fundo, nós não passássemos disso: de um casalzinho esporádico fazendo algumas coisas juntas. Eu tinha outras prioridades na minha cabeça e era nisso que eu estava interessada no novo ano.

— Eu... não pude deixar de ouvir a conversa entre você e seus amigos, sobre vocês alugarem um apartamento. Eu estava logo ali em cima — falou, apontando na direção do quartinho.

Não conseguia me acostumar que onde eu achava que existia apenas uma parede, existia, na verdade, um cômodo mobiliado.

— Ah, sim. — Não tinha certeza de onde ele queria chegar com aquela conversa, afinal, aquele assunto não lhe dizia respeito. A não ser que... — Ah! Já entendi! Você está preocupado com nosso *check out,* né? Não tem problema não, nós vamos sair amanhã mesmo, fica tranquilo!

Fiz menção de ir embora, mas ele me deteve ali, ainda segurando minha mão.

— Não, não. Não é isso. — Ele respirou fundo, como quem toma coragem para dizer algo. — Bom, sei que você vai achar esquisito, mas... Se quiser, pode ficar ali no quartinho.

— O quê? — Será que eu estava ouvindo direito?

— O quartinho fica disponível ali para os funcionários. O gerente viajou de férias ontem e só volta daqui a um mês. Você pode ficar ali de graça, durante seu curso. É mais perto, você não vai ter de acordar mais cedo e tudo o mais. E fica mais perto também dos pontos turísticos.

E fica mais perto dele também, concluí a frase que ele não teve coragem de dizer.

Diante do meu silêncio, que naturalmente expressava minha surpresa, Ariel continuou:

— Claro que você não precisa responder nada agora.

— É, eu tô bem cansada, preciso dormir... — Atrapalhei-me em me justificar.

— *Si, por supuesto*. Pensa e diz amanhã, já que vocês vão fazer o *check-out* amanhã.

— Pode deixar. — Dei-lhe um sorriso cansado, e ele se aproximou de mim, depositando um beijo no meu rosto.

Fui para o quarto e me joguei na cama, sem me preocupar em trocar de roupa. Minha cabeça estava a mil com todos os acontecimentos das últimas vinte e quatro horas. Apesar disso, meu corpo pedia descanso, e em menos de dois minutos eu já havia adormecido.

Acordei com a movimentação do quarto, e fui muito grata a isso por isso, afinal, de tão cansada, nem sequer tinha me lembrado de colocar o despertador na noite anterior!

Gui estava agitadíssima, arrumando suas coisas e falando que tínhamos exatos quarenta e sete minutos para estarmos sentados na sala de aula. Dei-lhe meu melhor sorriso encorajador, e me encaminhei para o banheiro para uma chuveirada rápida. Quando voltei, nem ela nem a sua mala estavam mais no quarto. Terminei de arrumar minhas coisas rapidamente, arrastando meu malão para o corredor para me juntar aos demais.

Encontrei todos sentados à mesma mesa do café da manhã e me juntei a eles. Ainda sentia cansaço e sono, mas não havia tempo para preguiça, era nosso primeiro dia de aula de castelhano!

Comi rapidamente, pois não tinha a intenção de atrasar o grupo. Em seguida, os Albuquerques e eu nos levantamos e nos despedimos de Yuri, dizendo que nos encontraríamos com ele e com Maitena mais tarde. Nós nos dirigimos à recepção, mas não encontramos ninguém. Esperamos alguns minutos, mas, como Ariel não apareceu, deixamos nossas malas do lado de dentro do balcão junto de um bilhete, dizendo que voltaríamos mais tarde.

O clima era ameno do lado de fora, embora fosse verão na capital portenha. Acompanhei meus amigos até o ponto de ônibus, confiando que eles tivessem se informado sobre o número certo. Ficamos no ponto por cerca de oito minutos e, quando eu já estava começando a me preocupar, apareceu um ônibus apaixonado; como eu comecei a chamá-los desde que percebi que eles andavam suspirando pelas ruas.

Para minha surpresa, rapidamente chegamos ao nosso destino. Isso era uma boa coisa! O curso ficava do lado oposto ao da parada do ônibus, então, pelos meus cálculos, a distância até o hostel não era tão grande assim. Por mim, dava para ir e voltar andando até.

Isto é, se eu resolvesse aceitar a proposta de Ariel.

Não vou mentir que a ideia era muito tentadora. Eu tinha de admitir que estava fazendo essa viagem por causa da Gui. Como não pôde ir comigo para a Flórida no ano passado, ficou chorosa o resto do ano, de modo que decidimos vir para a Argentina. Claro que eu queria uma segunda chance para fazer o intercâmbio direito, mas a viagem para a Flórida tinha acabado com minhas economias, e eu só tinha conseguido ir para a Argentina por causa da vantagem do dólar diante do peso argentino.

O fator econômico era uma preocupação constante pra mim nessa viagem, embora eu não deixasse transparecer isso para não aborrecer minha amiga. Desde o início de novembro eu não tinha recebido nenhum artigo para fazer, então, acabei viajando com o dinheiro literalmente contado. Com essa proposta do Ariel, eu acabaria por separar o grupo, mas, poxa vida, não íamos estudar juntos cinco vezes por semana durante oito horas por dia? Não estaria isso mais do que suficiente já?

Eu ainda estava pensando nisso quando entramos na UBA. O prédio era bem a cara de uma instituição pública, carecendo de atenção e cuidado dos governantes. Apesar de ser período de férias para os estudantes regulares, o local estava bem movimentado, e suspeitei de que fossem todos alunos dos cursos de língua.

Nós nos encaminhamos para a secretaria, demos nossos nomes, mostramos nossos passaportes e o rapaz — que não demonstrou dificuldade nenhuma em entender nosso idioma — indicou aonde deveríamos nos encaminhar. Seguimos suas instruções e entramos na sala, onde outros sete alunos já aguardavam. Olhei rapidamente para eles. Todos me pareceram estrangeiros e aparentavam ter poucos anos a mais do que nós.

Sugeri que nos sentássemos nas cadeiras da frente, e meus amigos não contestaram. Então, um senhor de olhos claros e barba por fazer entrou na sala, apresentando-se como El Maestro Pancho, e distribuiu um livro elaborado pelos colaboradores do curso. Eu ri do nome do professor, pois me parecia mais um apelido. Ele explicou a ementa, os tipos de avaliações e emendou já com os primeiros ensinamentos.

Para minha felicidade, o professor era muito simpático e conquistou minha atenção, de modo que não tive como pensar em outras coisas além de me dedicar a aprender o conteúdo da aula.

E eu realmente estava animada para aprender o castelhano.

CAPÍTULO 13

Quando o primeiro dia de aula terminou, eu estava mentalmente exausta. Na verdade, eu estava com cansaço acumulado dos últimos dias do ano, mas pelo menos não era a única a me sentir assim. Gui e Rapha pareciam sentir o mesmo. Nós até comemos um cachorro-quente quando tivemos a oportunidade, mas não foi suficiente. Os cachorros-quentes aqui são muito básicos, só pão, salsicha, mostarda, ketchup e maionese.

— Estou com a fome de dez mil marcianos em guerra — chorou Rapha, dramatizando a situação.

— Eu também poderia comer um boi inteiro! — concordou Gui.

— Hoje a gente bem que podia sair pra comer fora, né? Para comemorarmos essa nova etapa e tal... — sugeri, meio que duvidando de que meus amigos topassem.

Para a minha alegria, e a do meu estômago reclamão, eles adoraram a ideia.

— Mandou muito bem, Sofia! A gente podia ir para uma churrascaria, comer um desses famosos churrascos portenhos!

— Eu acho ótimo! Vou ligar pro Yuri, tenho certeza de que ele sabe qual o melhor lugar para irmos.

Não pude evitar uma pontinha de ciúmes ao ouvir minha amiga falando assim. Perdi o momento em que esse tal Yuri se referência no nosso grupo.

Afastei esse pensamento para o lado enquanto minha amiga voltava ao prédio da UBA para fazer o telefonema. Poucos minutos depois ela voltou com instruções de como chegarmos ao local.

— "Siga La Vaca"? — li em voz alta, assim que chegamos ao famoso bairro de Puerto Madero, conhecido mundialmente por ser o local com os melhores restaurantes e hotéis de luxo de Buenos Aires, onde a elite portenha e turistas do mundo inteiro frequentavam tanto durante o dia quanto durante a noite.

Ou pelo menos foi isso que o Yuri falou a Gui ao telefone.

Na porta do restaurante havia uma grande estátua de uma vaca de gesso, com a qual os turistas paravam para tirar foto.

— Você não acha o nome supercriativo? — perguntou Yuri.

— Acho um pouco irônico demais. Tadinha das vaquinhas!

Quando Gui falou que ia ligar para pegar uma dica de onde podíamos ir, não mencionou que iria convidá-lo também. Bom, talvez eu devesse ter adivinhado que uma coisa implicava a outra.

Entramos no estabelecimento e fomos encaminhados à uma mesa central para quatro pessoas. Não achei caro o preço de ARS$53,00 por pessoa. Convertendo para a moeda brasileira, saía bem baratinho, considerando que podíamos comer quanto quiséssemos.

Era bom estar num país onde eu me tinha uma falsa sensação de ser rica. Certas mentirinhas ajudam no bem-estar da pessoa.

— Acho que devemos pedir uma garrafa de vinho — sugeriu Rapha.

— Eu apoio! — concordou Yuri.

— Qual sua melhor garrafa de vinho, senhor? — perguntei ao garçom, mas fui interrompida por Yuri.

— Garota, você está na Argentina! Não existe isso de "qual a sua melhor garrafa de vinho", todos os vinhos daqui são bons!

Meus amigos riram e indicaram uma garrafa do cardápio ao garçom, que prontamente a trouxe e nos serviu em quatro taças. Não gostei do jeito espertalhão do Yuri, mas decidi não deixar isso atrapalhar minha noite. Particularmente, também não estava com tanta vontade de beber assim.

O rodízio de carnes era realmente divino. Nunca vi pedaços de filés tão fartos em toda a minha vida. De verdade, cada pedaço era do tamanho do prato inteiro, parecia aquelas cenas de desenho animado, em que o cachorro rói tudo e só deixa um ossinho rolando solitário no prato. E tudo era cozido de uma maneira que a carne estava sempre macia e suculenta. Não sei qual era o segredo dos *hermanos*, mas o churrasco deles era realmente melhor do que o dos brasileiros.

Também achei muito bonitinho o fato de que a mesa era forrada com pedaços de papel nos quais havia o desenho de um boi, divididos em partes, como se fosse uma colcha de retalhos. Em cada parte havia o nome de como aquele pedaço era chamado em castelhano, de modo que os clientes de outros países conseguissem entender o que lhes era servido e também pudessem pedir exatamente o tipo de carne que gostariam de saborear novamente.

Saber fazer marketing no turismo é essencial!

Com espanto, reparei que já estávamos no restaurante há duas horas e havia quatro garrafas de vinho vazias em nossa mesa. Eu não tinha bebido tanto assim, acho que duas ou três taças apenas, mas o tempo naquele país passava rápido demais!

— Pessoal, eu não quero ser a corta-prazeres do grupo, mas já são quase 9h da noite!

Todos se surpreenderam com o horário ao me ouvir dizer aquilo, mas ninguém fez qualquer menção de ir embora de imediato.

— A gente tem aula amanhã, pessoal... — insisti. — E ainda temos de voltar no hostel e...

— Por que vocês não vão direto pro meu apê? — sugeriu Yuri.

— Ah, eu topo. Não tô a fim de voltar no hostel não — concordou minha amiga.

— Mas, Gui! Nossas malas estão lá! Todas as nossas coisas estão lá, esqueceu?

— Ah, eu sei! Mas, vontade zero de voltar naquele lugar, né? Vamos pro apê!

— E como vamos pra escola amanhã? Com a mesma roupa? Sem tomar banho? Sem escovar os dentes?

Não sou uma menina de frescuras, mas o mínimo de higiene eu prezo.

— Vai dizer que você nunca usou a mesma roupa duas vezes seguidas na sua vida? — Rapha e seu talento único de saber me provocar nos piores momentos.

Claro que eu já fiz isso, todo mundo já fez! Mas isso não significava que eu curtia ficar com a mesma calcinha dois dias seguidos. Ele era homem, ele não se importava, mas nós, garotas, sabemos que isso é *muito* desagradável.

Por outro lado, a ideia de deixar para amanhã a decisão sobre ter que me mudar em definitivo ou não era bastante atraente. Eu não queria ter de lidar com nada a essa hora da noite, ainda mais depois de duas ou três taças de vinho.

Fui voto vencido. Pedimos a conta, pagamos nossas partes e, antes de sairmos, tiramos fotos com os garçons simpáticos do lugar. Por mim, voltaria ali todas as noites, porém, se fizesse isso, em uma semana minhas roupas não caberiam mais em mim.

Yuri fez sinal para um táxi e nós entramos. Ele deu o endereço e as instruções para o motorista. Fui observando o trajeto que o táxi fazia e pude ver claramente quando saímos da zona turística da cidade e entramos na parte mais residencial, onde provavelmente os aluguéis e o custo de vida eram bem mais barato. O bairro de Belgrano não era tão distante do Centro, mas também não era exatamente perto. Não queria ficar tão longe assim do curso, ainda mais se ficássemos levando essa vida de festas todas as noites.

Chegamos ao endereço e Yuri pagou o táxi, sozinho; talvez por estar mais "altinho" que nós e não tivesse pensado em racharmos a conta. Não fiz questão de lembrá-lo.

Fomos entrando direto no apartamento, sem fazer cerimônias. Meus olhos mal se aguentavam abertos, então, quando vi o sofá na sala, encaminhei-me direto para ali e o reivindiquei como meu, adormecendo em seguida, sem nem saber onde meus amigos tinham ido dormir. Era isso que acontecia comigo quando eu comia demais tão tarde da noite. Amanhã eu me lembraria dos bons modos e me desculparia com eles.

CAPÍTULO 14

Acordei na manhã seguinte com o maior torcicolo que eu já senti na minha vida. Também, pudera: eu dormi com a cabeça no braço do sofá, completamente torta.

Puxei minha bolsa para perto de mim e busquei meu celular, que ainda tinha um ponto de bateria. É muito mais fácil fazer a bateria do celular durar quando não fico usando a internet o tempo todo, e, como eu estava no exterior, só podia checar minhas mensagens quando estava em lugares com wifi. Felizmente, tanto o hostel quanto a UBA tinham Internet aberta. Vi que enquanto estive na aula no dia anterior havia chegado cinco mensagens de amigas minhas da escola e dois e-mails. Como não havia tempo para responder nada naquele momento, resolvi não abrir.

Olhei para o visor do aparelho e vi que marcava 6h13 da manhã. Estávamos em cima da hora! Na noite anterior eu estava tão cansada que simplesmente me joguei no sofá, sem me importar em colocar o despertador; novamente. Tinha que tomar cuidado para que essa falsa sensação de turismo não me fizesse esquecer as obrigações. Ainda bem que acordei cedo sozinha, pois duvidava de que algum dos meus amigos tivesse se lembrado desse pequeno detalhe.

Depois eu é que era a irresponsável!

Antes de ir acordá-los, procurei o banheiro da casa, pois sabia que tão logo eles estivessem de pé, teria de disputar a pia com eles. Estava com uma vontade louca de tomar banho, pois já fazia calor àquela hora da manhã, porém, não sabia se havia toalha disponível ali para mim. Na dúvida, fiz meu melhor: lavei o rosto com água e sabão duas vezes, escovei os dentes colocando pasta de dentes no dedo indicador, prendi o cabelo num rabo de cavalo e peguei um pouco de gel que encontrei na pia para domar os fios rebeldes. Em seguida, tirei minha camiseta branca soltinha, lavei os braços e a axila e usei emprestado um desodorante que encontrei ali. Por fim, tirei meus tênis e minha legging preta, tirei minha calcinha e joguei-a fora no lixo, colocando minha legging de volta em seguida.

É, certamente eu passaria o dia inteira lembrando o tempo todo que eu estava sem calcinha na sala de aula, mas eu simplesmente não conseguira usar a mesma lingerie, já suja e suada, duas vezes seguidas, sem lavar. Como não tinha onde colocá-la, tive mesmo que jogá-la fora. Paciência.

Problema resolvido, saí do banheiro e olhei ao redor. O apartamento tinha um tamanho mediano, sem muita decoração, com móveis básicos e meio antigos. Entrava luz matinal pela janela da sala, já que estávamos no décimo andar, e a cozinha ficava imediatamente em frente ao banheiro.

Segui para a esquerda, por um pequeno corredor que levava aos quartos. Só havia duas portas, então, deduzi que só havia dois quartos.

Como iríamos morar ali?

Abri a porta do primeiro e estava bem escuro ali dentro. Com esforço, consegui identificar o Rapha dormindo na cama de solteiro da direita, perto da janela, enquanto Yuri estava na da esquerda, que parecia ter o estrado quebrado, pois ele estava meio curvado para baixo. Aproximei-me devagar para não acordar o outro, e sacudi o ombro do Rapha. Ele nem se mexeu. Tentei novamente, mas nada. Na terceira tentativa, quando apliquei a força necessária para empurrar uma catraca de metrô, finalmente ele acordou, resmungando.

— Hã? Que foi?

— Levanta, Rapha. Temos de ir pra aula.

— Mas já? Que horas são?

— Quase seis e meia. Temos de sair imediatamente.

Ele apertou o travesseiro contra a própria cara e falou palavras ininteligíveis. Suspeitei que estivesse me amaldiçoando, mas não podia culpá-lo.

Como ele deu sinal de que já estava se levantando, segui para o outro quarto.

Quando abri a porta, tive um espanto.

No centro, estava uma cama de casal, e Gui dormia profundamente, com Maitena abraçando-a em conchinha.

Fiquei alguns segundos ali, parada à porta, tentando assimilar a cena. Passado o choque inicial — afinal, aquilo não era nada —, aproximei-me da minha amiga e chamei-a baixinho. Já havia feito isso inúmeras vezes antes, sabia que tinha o sono leve. Gui abriu os olhos devagar e sorriu ao me ver.

— Oi, amiga, bom dia! Precisamos ir pra aula — falei.

O sorriso desapareceu, dando lugar a um profundo bocejo.

— Mas já?

— É, Gui. Estamos em cima da hora.

— Tá bom.

— Te espero na sala, temos quinze minutos.

Saí do cômodo sem dar tempo da minha amiga responder. Voltei para a sala e fiquei aguardando meus amigos se aprontarem, contando os minutos para que aquele dia acabasse logo e eu pudesse tomar um banho de verdade e trocar de roupa.

CAPÍTULO 15

Como suspeitei, o trajeto para o Centro era bem longo. Fomos de metrô, que, a essa hora, estava bastante cheio com as pessoas indo para o trabalho. Achei curioso porque o metrô que pegamos era de madeira!

Eu não conseguia parar de ficar olhando para todos os lados, analisando como que aquilo funcionava. Fiz uma nota mental para pesquisar na internet a história daquele meio de transporte na Argentina, pois a impressão que eu tinha era a de que ele deveria existir desde o início do século passado!

Felizmente chegamos ao prédio da UBA bem em tempo. *El maestro* já estava em sala, mas a aula não tinha começado ainda. Nós nos sentamos nos mesmos lugares do dia anterior. Ao que parecia, os alunos respeitariam os mesmos lugares até o fim do curso.

O dia pareceu durar uma eternidade para mim. O que mais me incomodava não era nem o fato de não ter tomado banho e estar vestindo a mesma roupa do dia anterior, sim, o fato de que eu tinha de tomar uma decisão sobre onde morar pelas próximas semanas, e ter de comunicar essa decisão dali a algumas horas.

Era uma decisão difícil. Um dos lados sairia machucado, e eu não queria ter de lidar com isso. Eu estava ali para me divertir e aprender uma nova língua com meus amigos, porém, para que eu conseguisse me divertir mais e ter uma folga econômica melhor, a proposta do Ariel era a melhor decisão.

Saco!

— Vamos lá no hostel, então? Pegar nossas coisas? — lembrou-nos Rapha, quando enfim acabou a aula.

Apenas concordei com a cabeça, endireitando os ombros, tentando convencer a mim mesma sobre a decisão que eu tinha tomado.

O ônibus que levava de volta ao hostel não demorou quase nada, e ainda nos deixou na rua logo atrás do casarão. Rapidamente estávamos no albergue, e o próprio Ariel abriu a porta.

— Achei que vocês tinham sido sequestrados!

Ele falou tão sério, que não consegui saber se estava brincando ou não.

— Nós acordamos cedo ontem de manhã, mas quando saímos não encontramos ninguém na recepção — respondeu-lhe Gui, sem esconder um tom de impaciência em sua voz, como quem perguntava o porquê de ter de dar satisfações a ele.

Entramos de volta no casarão, com Ariel nos seguindo por trás. Ele deu a volta na recepção e começou a digitar coisas no computador.

— Desculpem-me se eu não estava no meu posto quando vocês saíram. Deve ter havido alguma emergência bem na hora que vocês passaram por aqui.

Senti-me mal por ele. O rapaz cuidava sozinho de uma casa com vários andares, cheia de turistas, durante o período mais movimentado do ano.

— Só viemos pegar nossas malas e nos despedir de você — emendou Rapha, tentando amenizar o clima.

— As malas de vocês são essas aqui? — Ariel apontou para as três bagagens atrás de si, que deixamos displicentemente na recepção.

— Sim.

Ariel soltou um suspiro longo e as empurrou para o nosso lado. Até aquele momento ele nem sequer tinha olhado para mim.

— *Gracias*, cara! — Rapha fez menção de se virar e ir embora, mas foi interrompido por Ariel.

— Por nada. Mas vou ter de cobrar a diária de vocês de ontem.

— O quê? — A voz da Gui saiu dois tons mais alto do que o normal, atraindo a atenção de outros alberguistas que estavam na cozinha.

— Mas a gente nem dormiu aqui ontem! — defendeu o irmão dela.

— Eu sei. Mas vocês não fizeram o *check-out* e por isso deixei de alugar a cama de vocês para outras pessoas, pois não sabia se vocês iam voltar.

Nesse momento, Ariel olhou para mim, e eu senti meu rosto enrubescer.

— Mas nós liberamos nossas camas! Deixamos a roupa-de-cama no cesto para lavar e trouxemos nossas malas aqui! Deixamos até um bilhete — continuou o irmão da minha amiga.

— Nossa reserva era até ontem! Essa cobrança é um absurdo! — A voz da Gui estava começando a ficar alta demais.

— Desculpem-me, mas estou apenas cumprindo as regras do estabelecimento. Um bilhete não é o procedimento correto para *check-out* — Ariel foi taxativo.

Eu não sabia se deveria falar alguma coisa, porém, desconfiava de que aquela cena poderia virar um bate-boca e um dos lados sairia prejudicado. Não era isso que eu queria. Coloquei-me no meio dos meus amigos e dei um passo à frente, ficando cara a cara com Ariel.

— Ariel, nos desculpe. Queríamos ter voltado ontem depois da aula para buscar nossas coisas, mas acabou ficando tarde demais e fomos para o apartamento do Yuri. Sabemos que deveríamos ter esperado você aparecer na recepção, mas, se fizéssemos isso, chegaríamos atrasados no nosso primeiro dia de aula. Não era nossa intenção prejudicar seu trabalho ou ao hostel. Será que você poderia não nos cobrar essa última noite?

Essa última parte eu falei um tom mais baixo, para que os outros hóspedes não ouvissem e tivessem a mesma ideia. Não me custava nada pedir. A educação e a amizade eram sempre a melhor saída para qualquer situação.

Ariel me olhou direto nos olhos durante alguns segundos que duraram uma eternidade. Sabia que ele estava querendo me dizer alguma coisa.

Por fim, ele deu um sorriso de canto de boca e falou:

— Tudo bem. Vou dar um jeito aqui e apagar a noite de ontem dos registros do computador.

Senti um misto de alívio e culpa me invadirem, incapaz de decidir qual dos dois seria melhor.

— Isso aí, cara! Valeu mesmo! A gente promete voltar aqui qualquer dia desses antes de voltarmos para o Brasil, pra fazermos uma festa ou algo assim — Rapha deu um tapinha na mão de Ariel e puxou sua mala para perto, encaminhando-se na direção da porta do hostel.

Gui imitou o irmão e eu fui junto, pegando minha mala.

Só que em vez de segui-los, apenas encostei minha bagagem em uma das mesas e fiquei parada no mesmo lugar.

— Ei, pessoal... Eu...vou ficar. — Minha voz soou tão baixa que eu mesma fiquei na dúvida se tinha falado mesmo ou não.

Gui foi a primeira a se virar de volta pra mim, muito embora, com o canto do olho, pude reparar Ariel levantar a cabeça e focar sua atenção para mim também.

— Como assim? — A voz da minha amiga tinha uma mistura de decepção e irritação.

Eu não sabia o que era pior.

— É... Hum... Ariel me ofereceu de ficar de graça naquele quartinho ali. — Apontei. E, bom, vocês sabem que dinheiro não está sobrando pra mim e...

— Você que sabe. — Gui simplesmente pegou sua mala e saiu andando, sem nem querer ouvir o que eu tinha para dizer. Nem sequer me disse tchau.

Fiquei parada, a boca aberta com as palavras que eu tinha ponderado o dia inteiro para dizer.

Rapha se aproximou de mim, deu-me um rápido abraço e pronunciou um breve "nos vemos amanhã" ao meu ouvido, antes de sair correndo atrás da irmã.

E foi assim que nosso grupo se separou durante a viagem.

CAPÍTULO 16

— Você está bem? — Ouvi a voz de Ariel em algum lugar, e aquilo me trouxe de volta ao mundo da realidade.

Apenas meneei a cabeça e agarrei meu malão.

— Eu te levo lá no quarto — ele continuou, separando minha mão da minha bagagem e carregando-a consigo escada acima.

Eu apenas o segui. Ele abriu a porta e colocou minha mala ao lado, no chão.

— Você está bem? — repetiu Ariel, e dessa vez eu o ouvi direito.

— *Sí, estoy* — respondi, lembrando da lição de castelhano *del maestro*.

Ariel deu um sorriso de apoio e eu o devolvi, tentando confirmar a minha resposta.

— Você pode ficar à vontade aqui, sozinha. Eu estarei quase sempre na recepção, se precisar. Se não me encontrar lá, estarei em algum lugar desse casarão.

Ele fez como quem ia sair, mas segurei sua mão, impedindo-o.

— Obrigada, Ariel. Por tudo.

Senti que qualquer barreira que tivesse sido elevada entre nós por causa do meu sumiço ontem desmoronou naquele momento.

Ele apertou minha mão e, com a mão livre, fez um carinho no meu rosto.

— Por nada, *hermosa*.

Sozinha naquele cômodo foi como se o tamanho do quarto diminuísse ainda mais e começasse a me sufocar. Inspirei e expirei algumas vezes, tentando acalmar o acesso de pânico que ameaçava tomar conta de mim.

Quando finalmente me acalmei, dei-me conta de que o pânico tinha sido substituído por um profundo sentimento de exaustão. Era como se toda fatiga do mundo tivesse tomado conta do meu corpo.

Mesmo assim, resisti à tentadora ideia de me atirar na cama naquele mesmo momento. Eu precisava tomar um banho e trocar de roupas urgentemente, e era exatamente isso que eu ia fazer.

Abri minha mala, peguei o que era necessário e dirigi-me ao banheiro do segundo andar. Tomei um banho rápido, afinal, quando se está num albergue e você tem que dividir o banheiro com diversas pessoas; uma ducha demorada era artigo de luxo ao qual você não tinha direito.

Coloquei minha camisolinha de algodão e voltei correndo para o quartinho, esperando que ninguém me visse no trajeto para eu não morrer de vergonha.

De volta ao quarto, enxuguei o excesso de água dos meus cabelos e pendurei a toalha na maçaneta da porta, trancando-a por dentro. Ariel não me deu uma chave, e eu achei justo não pedir. Assim, decidi deixar sempre minhas coisas dentro da mala trancada, afinal, vai que ele mudava de ideia de repente e eu tivesse de sair dali de uma hora para outra?

Era melhor ficar sempre preparada.

Exausta de tantas emoções naquele dia, olhei para o colchão e ele nunca me pareceu tão tentador como naquele momento.

Coloquei o celular para carregar e marquei o horário do despertador. Com os cabelos ainda molhados, joguei-me na cama e adormeci rapidamente.

Um delicioso cheiro de café invadiu o quarto, fazendo com que todos os meus sentidos despertassem juntos de uma só vez. Levei um tempo para entender onde estava, até cair a ficha. Pisquei algumas vezes, olhando para o teto, acostumando-me com a ideia de estar acordada, de estar em outro país, de estar sozinha novamente. Por fim, soltei um longo suspiro e estendi o braço, buscando o celular.

Verifiquei no visor que faltavam vinte minutos para o despertador tocar, então, fiquei mais tranquila. Era bom que meu corpo começasse a se acostumar a acordar mais ou menos naquele horário, para que meu aprendizado rendesse nas aulas da UBA.

Aproveitei os minutos extras e acessei minha caixa de e-mails. Além de inúmeras propagandas e spams, não havia nenhum artigo novo para escrever. Havia dois e-mails da minha mãe permaneciam não lidos. Senti uma pontinha de culpa, afinal, eu mal falei com ela desde que cheguei à Argentina.

Um dos e-mails era uma corrente dessas com inúmeros desejos de coisas boas para o novo ano. Li as três primeiras telas, depois fechei e deletei. Por que minha mãe tinha mania de ficar me mandando essas coisas?

O segundo e-mail era um longo relato de como tinha sido o Ano Novo dela e do papai, que eles resolveram ficar em casa em vez de ir à Copacabana ver os fogos e que tudo tinha sido ótimo. Também me atualizou com notícias sobre a cidade, sobre o verão impiedoso e que papai tinha decidido entrar para a academia.

Achei graça daquilo. Meu pai nunca se importou com esse negócio de exercícios. Respondi dando a maior força ao plano dele. Contei também como tinha sido nossa passagem de ano no telhado e como tinha sido os primeiros dias do curso de castelhano. Finalizei prometendo escrever mais vezes e dizendo que estava com muitas saudades. Apesar de meus pais saberem utilizar as redes sociais, ainda eram muito adeptos aos e-mails para conversar nas minhas viagens.

Dei uma rápida olhada nas redes sociais, já que nunca tive muita paciência para essas coisas. Havia uma mensagem das minhas amigas de escola marcando um encontro na véspera do Carnaval, para que pudéssemos pular o feriadão todo juntas. Concordei com a ideia, já que já estaria de volta ao Brasil no meio de fevereiro, e fiquei pensando que seria muito bom poder me divertir sem preocupações.

Nos minutos que me restavam fiquei deitada na cama, refletindo. Será que eu tomei a decisão certa? Será que eu conseguiria viver ali por um mês? E ter feito essa escolha implicava necessariamente que eu estava num relacionamento com Ariel? Será que ele esperava dormir comigo ali todas as noites? Será que meus amigos tinham ficado realmente magoados comigo? O que meus pais achariam disso tudo, se eu tivesse contado a verdade a eles?

O alarme tocou, lembrando-me do meu compromisso principal. Até aquele momento eu não tinha nenhuma resposta, mas estava colecionando perguntas.

Decidi não me preocupar com nada disso, nem agora, nem depois. A viagem era para aprender castelhano, para passar um tempo bom com meus amigos, mas, acima de tudo, para provar a mim mesma que eu era uma moça madura, capaz de me virar sozinha em situações adversas e que eu estava no caminho certo para me tornar uma adulta responsável.

E era exatamente isso que iria conseguir.

Levantei-me da cama sentindo-me mais animada.

Escolhi um vestidinho amarelo leve para o dia de hoje, penteei meus cabelos e passei uma maquiagem leve. Eu aprendi a dar mais valor à beleza, aos cuidados comigo mesma desde que conhecera Melody, no ano passado. Apesar de ela ter sido uma pedra no meu sapato durante minha experiência na Flórida, não podia negar que graças à obsessão dela eu passei a dar mais atenção à minha estética.

Peguei minha bolsa e desci as escadas, seguindo o cheirinho bom do café. Fiz uma nota mental para passar no mercado em algum momento do dia. Assim, no meio do burburinho do café da manhã do hostel, eu saí de fininho pela porta da frente.

CAPÍTULO 17

Duas horas já haviam se passado desde o início da aula e nem sinal da Gui ou do Rapha. Fiquei preocupada que eles tivessem errado o caminho para UBA, afinal, tudo ali era novidade para nós.

Três horas. Quatro. O intervalo para o almoço chegou e passou e nada dos meus amigos.

Triste, entendi que meus amigos não iriam aparecer naquele dia, e eu não sabia a razão. Cogitei mandar uma mensagem de Whatsapp, mas fiquei em dúvida se eles queriam falar comigo. De todo modo, anotei tudinho da aula para passar para eles depois.

No final do dia, eu me sentia abandonada.

Saí da aula e decidi voltar a pé para o hostel. Eu tinha caminhado até a UBA de manhã e levou cerca de meia hora só. Achei um tempo bom. Além de poupar dinheiro, obrigava-me a me manter ativa. No caminho, passei num mercado que, na ida, tinha observado ser o mais próximo do hostel, e comprei alguns itens básicos, apenas para quebrar o galho por hoje e amanhã. Afinal, em uma cozinha compartilhada com tanta gente, não havia espaço para fazer as compras do mês.

Quando cheguei de volta, Ariel abriu a porta para mim e me ajudou a colocar as sacolas das compras na bancada da cozinha. Em poucos instantes ali estaria lotado com os alberguistas voltando esfomeados de seus passeios.

— *Y todo eso*?

— Para *cenar* hoje à noite. Quer *cenar* comigo? — A ideia me ocorreu naquele momento e me pareceu boa. Já que eu cozinharia pra mim, não custava nada preparar algo pra ele também, ainda mais depois de ele arranjar que eu ficasse hospedada ali de graça.

— *Ohh, gracias, hermosa! Me encantaria*!

Sorri-lhe de volta e me prontifiquei a começar os preparativos. Não ia ser nada elaborado, até porque — todo mundo sabe —, não dá para confiar em geladeira de albergue. Por mais que você coloque seu nome nos produtos e tudo mais, sempre tem algum duende que resolve se apoderar da sua comida, misteriosamente.

Cortei cebola picadinha e também em rodelas. Peguei a panela de arroz, coloquei um pouco do grão e um pouco de água, acrescentei a cebola picada e liguei o aparelho na tomada. Bendito seja o sujeito que inventou a panela de arroz!

Como aquilo não ia demorar muito, separei quatro bifes em uma tigela e me apoderei dos temperos da cozinha. Eu ficava impressionada com o preço da carne naquele país! Acho que vou aproveitar para comer toda a carne que tenho direito na vida aqui!

Coloquei os bifes pra fritar na frigideira; em seguida, separei dois deles em dois pratos diferentes e coloquei o restante num pote. Quando o arroz ficou pronto, dividi-o em porções iguais e levei os pratos até a sala de estar, convidando Ariel para se sentar comigo à mesa.

— Hum... *Que rico*!

Achei graça da feição teatral que ele fez ao provar meu prato.

— Ai, que exagero, né, Ariel? É só arroz e bife, nem salada tem!

— Para mim, está ótimo!

Minhas bochechas coraram de imediato. Ele era muito galanteador, e eu não sabia como lidar com isso.

— Você acha que seus amigos ainda estão chateados comigo?

Aquela pergunta me pegou de surpresa. Eu realmente não tinha resposta para aquilo, principalmente porque meus amigos nem sequer tinham aparecido na aula hoje, tampouco haviam entrado em contato comigo. Por outro lado, não queria dividir aquela indisposição com ele. Ariel não tinha nada a ver com aquilo e criar um clima de inimizade entre as pessoas que eu conhecia não ia levar a lugar algum.

— Acho que não. Com você, não.

Já comigo... Considerei, mas não falei em voz alta.

— *Muy bien*. Porque não quero que eles fiquem chateados comigo. Não os amigos da garota que eu gosto. — Ele pegou na minha mão, fazendo com que eu olhasse para ele. — Porque eu estou gostando de você, Sofia.

Ai...

— Ariel, eu...

— *No*, Sofia. *Escúchame*. Eu sei que nós só saímos uma vez e que você está aqui por pouco tempo. Sei disso, e, mesmo assim, quero ficar com você. Quero aproveitar os momentos que você tiver livre aqui para estar junto contigo, te levar para conhecer o que há de bonito na minha cidade. *Nada más.*

Não dava para ouvir aquilo sem me sentir um pouquinho desconfortável. Ajeitei uma mecha de cabelo atrás da orelha, tentando organizar os pensamentos.

— Ariel, eu...

— *Yo sé* que você não quer se jogar de cabeça. Já percebi isso. Estou só pedindo uma chance. De repente, pode ser bom.

Podia, sim. Mas eu não conseguia evitar a pergunta:

— Por quê?

— Por que o quê? — repetiu ele, achando graça.

— Por que eu, Ariel? Com certeza não sou a primeira brasileira que você conheceu na vida.

Ele afastou nossos pratos vazios para o lado e disse:

— Eu não sei, Sofia. Qualquer coisa que eu te respondesse seria mentira, porque, de verdade, *yo no sé*. Só sei que tem alguma coisa em você, algo que me leva querer ficar perto de você. E eu não estou procurando uma razão para o que estou sentindo. Eu quero simplesmente sentir. E gostaria que você sentisse o mesmo que eu, que a gente sentisse isso, juntos.

Ouvir aquelas palavras encheu meu coração de carinho. Que garota não ia se derreter ao ouvir um rapaz tão fofo falando essas coisas?

Naquele momento, decidi colocar minhas ressalvas de lado. É claro que eu não me sentia preparada em entregar meu coração, mas isso não significava que eu não podia tentar.

— Tem razão. — Sorri, dessa vez com sinceridade.

Ariel aproximou seu rosto do meu e me deu um beijo cálido nos lábios.

— Não se preocupe. Apenas deixe acontecer.

Concordei com a cabeça e juntei a louça suja, levando tudo para a cozinha. Não queria continuar aquele assunto.

Lavar louça sempre me distraiu. É um momento em que, sei lá, eu fico pensando na vida, pensando no dia que passou. Ariel não me seguiu, então, limpei tudo rapidamente antes que os outros hóspedes chegassem. Quando terminei, passei por ele e disse que tinha deixado um pote separado já pronto, caso ele quisesse almoçar amanhã. O imenso sorriso dele ao me ouvir dizer isso foi uma tremenda recompensa.

Passei na sala de televisão, que estava ligada passando videoclipes de bandas estadunidenses. Três moças estavam esparramadas no pufe no chão, conversando numa língua que não consegui identificar. Aproximei-me da estante de livros e fui lendo a lombada dos títulos, para ver se algum me atraía. O professor recomendou que buscássemos ler textos e ver filmes em castelhano, para ganharmos vocabulário e nos acostumarmos com a língua. Sem meus amigos por perto naquela noite, ler me pareceu uma boa ideia.

Depois de algum tempo, escolhi "Cien años de soledad", do escritor colombiano Gabriel García Marquez. Ele já havia falecido, mas sempre achei esse título lindo.

Já na cama, dediquei-me à leitura por duas horas. Forcei-me a dormir só porque tinha aula no dia seguinte, pois a vontade era de terminar o livro naquela noite mesmo!

CAPÍTULO 18

Para minha surpresa, naquela sexta-feira os Albuquerques também não apareceram na aula.

Durante o intervalo, mandei mensagem para os dois, mas, até o fim do dia, nenhum deles tinha respondido. Cheguei a pensar em passar no apartamento, mas não tinha o endereço certo e não lembrava como chegar lá.

Não sei o que estava se passando com eles, mas, a não ser que algo grave tivesse acontecido, eu achava muita irresponsabilidade dos meus amigos faltar a dois dias seguidos de aula, ainda mais num curso de duração tão curta.

Poxa vida, não era essa a razão pela qual estávamos na Argentina?

Sentia-me desanimada sem meus amigos comigo, mas, quando saí da UBA, tive uma grata surpresa: Ariel estava me esperando.

— *Hola, hermosa*! — Ele se aproximou e beijou meu rosto.

Instintivamente, olhei para os lados, preocupada com que alguém tivesse visto.

Como se alguém, além de mim, fosse se importar com aquele gesto.

Ariel reparou no meu nervosismo.

— Você não quer ser vista em público comigo?

Senti-me péssima em ouvir aquilo.

— Não, não! Não é isso! — Apressei-me em explicar. — É só que...

Nem eu mesma sabia!

— Nada, esquece! — Melhorei minha feição, parecendo animada dessa vez. — O que você está fazendo aqui? Que surpresa!

Segurei sua mão e puxei-o para a calçada, para que saíssemos do caminho das pessoas.

— Imaginei que você estivesse saindo da aula por esse horário, então pensei em passar aqui e te levar pra conhecer um dos lugares mais bonitos de Buenos Aires.

Aquilo despertou minha curiosidade.

— Jura? Onde é?

Ariel percebeu que tinha conquistado minha atenção.

— É *una sorpresa*. Vai ter que confiar em mim.

Ele me conduziu em direção ao metrô, e eu me deixei levar, confiando nele.

— Uau!

Era a terceira vez que eu falava aquilo desde que chegara ali, mas eu não me cansava. O lugar era simplesmente ma-ra-vi-lho-so.

E eu, que achava que o Liceu Literário Português, no Rio de Janeiro, era o lugar mais lindo do mundo.

— Que *bueno* que você gostou do El Ateneo!

— Se eu gostei? Esse lugar é simplesmente lindo, maravilhoso, divino! Eu poderia morar aqui dentro, poderia casar aqui! — falava sem parar, animada como uma criancinha.

Ouvi Ariel rindo atrás de mim e percebi quão ridícula eu soava falando assim.

— Desculpe. Mas aqui é realmente bonito. Como você sabia que eu ia gostar?

— Desconfiei. Vi quando você ficou um bom tempo ontem na biblioteca do hostel e saiu de lá com um livro em mãos. Concluí que você gostava de ler e, nesse caso, não podia deixar de conhecer esse lugar.

Ele tinha me visto fazer aquilo tudo na noite anterior e eu nem sequer reparei.

Andei até o centro da livraria, minhas mãos passeando pela lombada dos livros expostos. Dava para sentir que ali havia uma aura diferente. Era como se fosse possível sentir fisicamente cada história nas linhas dos romances ali dispostos. O lugar era realmente especial.

— Qual é a história desse lugar? — perguntei, minha cabeça já imaginando mil e uma possibilidades.

— Antigamente, era um teatro, o *Gran Splendid*, inaugurado em 1919. Você vê ali no centro, o palco, onde hoje funciona o café? — Segui com os olhos a direção que ele apontava. — Na época do teatro, apresentaram-se muitas peças de comédia e muitas apresentações de tango ao vivo, que eram transmitidas pela rádio local. Já ouviu falar de Carlos Gardel?

Fiz que sim com a cabeça. Não sabia exatamente quem era, mas o nome não me era estranho.

— Ele tocou aqui. Depois de dez anos, o teatro virou cinema, e ficou assim por muito tempo, até começar a decair. Na virada do milênio, um grupo comprou o lugar e o transformou em livraria, e, ao que parece, tem dado muito certo. O El Ateneo já é reconhecido globalmente como uma das livrarias mais lindas do mundo.

Ariel falava com muito amor. Ele realmente gostava daquele lugar.

— E você sabe disso tudo porque...? — provoquei.

— Porque trabalho com turismo e muitas pessoas me perguntam a história dos lugares. Além do mais... — Ele baixou a cabeça, e reparei alguma timidez ali. — É um dos meus lugares favoritos aqui em Buenos Aires.

Aproximei-me dele. Ele ficava uma gracinha encabulado.

— E, a partir de agora, é um dos meus lugares favoritos também. Obrigada por me trazer aqui. — Dei-lhe um selinho nos lábios, para reforçar meu agradecimento.

Ainda me custava ter esses impulsos, mas com a prática talvez eu parasse de ficar pensando tanto toda vez que beijasse alguém.

— *Gracias, hermosa*. Porém, não posso ficar muito mais. Na verdade, eu só quis te trazer aqui mesmo, porque acho que dentre todas as coisas para conhecer em Buenos Aires, o El Ateneo não pode ficar de fora, mesmo que você não consiga ver todo o resto.

Olhei ao redor. Eu queria explorar mais o lugar.

— Por que você não fica mais? Eu volto para o hostel. Você reparou no caminho que fizemos né? É só pegar *el subte* de volta na *línea C y* saltar na *Estación Moreno*, e, daí, é só caminhar *unas cuadras* até o hostel.

Fiz que sim com a cabeça, mostrando-me animada. Eu conseguiria voltar sozinha.

Dei-lhe um beijo de despedida e virei-me de volta para o palco, ansiosa para adentrar no mundo encantado de El Ateneo.

Eram 11h da noite quando voltei ao hostel. As ruas estavam mais ou menos movimentadas, com jovens saindo para a *night*. Eu, não. Queria cama e sossego.

— Já estava preocupado com você! Isso são horas, *muchacha*? — Ouvi meu argentininho dizer, tão logo me viu.

— Oi? — Não sabia se achava graça ou levava a sério aquela repreensão do Ariel.

Ele se aproximou de mim, seu sorriso iluminando todo o salão.

— *Perdóname. És que* pensei que você já deveria ter voltado à essa hora. Não sabia onde estava, se sabia voltar sozinha e...

— Ariel, calma. — Dessa vez eu ri para valer. — Eu apenas me distraí lá no El Ateneo. Tem tanta coisa lá para ver! Quando dei por mim, a loja já estava fechando. Acho que só saí porque eles anunciaram que estavam encerrando as atividades do dia. Vim logo em seguida!

Ele apenas virou o rosto de lado. Estaria ele escondendo de mim certa vergonha por sua atitude?

— Ei! — chamei-o, e ele voltou a me olhar. — Obrigada por se preocupar comigo. Estou bem, e sou maior de idade — conclui, tentando amenizar o clima. Quando vi que surtiu efeito, continuei: — Desculpe-me, Ariel. Estou morrendo de cansaço, fiquei o dia inteiro na rua. Vou dormir, ok?

Percebi que ele ficou um pouco desapontado com o que falei, mas a parte cansada de mim resolveu colocar esta observação na esquina do esquecimento. Olhei para os dois lados, para me certificar de que ninguém estava olhando em seu ambiente de trabalho, e dei um beijo suave nos seus lábios. Depois, subi para o quartinho, para o conforto da companhia de mim mesma.

CAPÍTULO 19

Acordei na manhã de sábado sem saber se era pelo barulho que os hóspedes faziam na cozinha ou se era o meu estômago roncando. Provavelmente, as duas coisas.

Eu não estava me alimentando bem desde que cheguei à Argentina. Ficava tão ocupada estudando, conhecendo os lugares e as pessoas, que, quando via, o dia já tinha acabado, os lugares já estavam fechados e o ânimo para cozinhar já tinha ido embora. Era ou isso, ou era refeições fartas nas quais eu comia muito mais do que precisava, e isso era igualmente prejudicial à minha saúde.

Alcancei meu celular. Nenhuma mensagem da Gui ou do Rapha.

Aquilo estava começando a me irritar. Onde eles tinham se metido? Poxa vida, faltar dois dias de aula eu até posso desculpar, mas, sumir assim, sem nem me dizer aonde iam? Quer dizer, eu era o quê deles, afinal?

Engoli o orgulho e mandei novamente mensagens para eles. Era final de semana, esperava fazer alguma coisa juntos. Embora eu estivesse com Ariel — de alguma forma —, minha prioridade era meus amigos. Embora tenhamos nos separado na hospedagem. Embora eles não estivessem indo nas aulas e eu tivesse a sensação de que estavam me evitando.

Aff! Que saco!

Resolvi escrever para meus pais novamente, contando sobre a visita ao El Ateneo. Olhei no visor e vi que faltava uma hora para o café da manhã terminar. Assim, fiquei na cama lendo até que desse o tempo certo, afinal, não queria incomodar o direito de quem estava pagando para estar ali.

Fiquei tão entretida com a leitura, que não ouvi as batidas insistentes à porta.

Levantei-me para abrir, esquecendo-me de como estava vestida.

Os olhos arregalados de Ariel quando abri a porta, analisando-me de cima a baixo, lembrou-me do conjuntinho de blusinha e shortinho cor-de-rosa que eu usava para dormir.

E senti minhas bochechas queimarem até ficar da cor do meu pijama.

— *Buen día*!

— *Buen día* — respondi, usando a porta para deixá-lo entrar e para me esconder também.

Foi só então que eu reparei que ele carregava uma bandeja de café da manhã à sua frente.

— O que é isso? — Embora estivesse óbvio, quis fazer a gentileza dele poder me explicar.

— *Bueno*, como você não desceu para *desayunar*, trouxe um pouco para você aqui. Pensei em *desayunarmos* juntos.

Café da manhã na cama?

— Er... Claro! *Gracias*! Senta, senta!

Aquela gentileza me fez me sentir muito mal com toda aquela situação. Estava claro que Ariel estava fazendo diversas tentativas para chamar minha atenção, para me agradar, e eu ali, completamente distraída, dormindo de graça no quarto que ele arranjou para mim.

Sou uma péssima namorada.

Epa! Não estamos namorando!

— Eu estava apenas esperando terminar a hora do café para poder descer e comer — apressei-me em explicar, já que ele notara minha falta.

— *Y* por quê? — Ariel ajeitava a bandeja em cima da cama.

Não era um café da manhã elaborado, ele apenas pegou um pouco de tudo que havia de opção no hostel e trouxe para mim. Ainda assim, achei aquela atitude fofa demais.

— Bom, porque eu estou ficando aqui de favor, né? Isso não significa que eu vá abusar da boa vontade e sair consumindo as coisas do hostel, certo? Vou ficar na minha, passar despercebida...

Ariel se levantou, pegou as minhas mãos e me puxou em sua direção. Seus braços me envolveram num abraço tão carinhoso, que me senti uma tola por todos os meus pensamentos anteriores.

— Sofia, você é minha convidada aqui. Você pode fazer o que quiser, como qualquer hóspede. A única diferença é que você não está pagando para ficar.

Como de costume quando fico nervosa, desviei o olhar por alguns segundos. Depois de recuperar o controle, voltei-me para ele, com meu melhor sorriso.

— Tá certo. Combinado. E o que você trouxe de bom aqui?

Desprendi-me de seus braços, mudando o foco do assunto. Tudo bem, eu estava tentando gostar dele, mas era difícil para mim ainda me acostumar a estar com outra pessoa.

Ao menos eu estava tentando. Era isso que eu dizia a mim mesma.

Sentamo-nos na beirada da cama e fiz com que Ariel me contasse um pouco da história do bairro, do hostel, da cidade. Ouvindo-o falar, dei-me conta do quão pouco eu sabia sobre aquele país, ao qual chamávamos de "*hermano*" no Brasil. Porém, com ele relatando tudo com tanta emoção, senti-me mais motivada para aprender mais sobre a Argentina. E era exatamente isso que eu pretendia fazer com o tempo que me restava naquele intercâmbio. Com ou sem meus amigos.

Depois que meu argentininho saiu do quarto levando a bandeja vazia consigo, verifiquei novamente o celular. Nenhuma mensagem de meus amigos. Aquilo estava me aborrecendo, então, decidi que se eles não queriam falar comigo no final de semana, ótimo, eu ia fazer as minhas coisas sozinhas e a gente se via na segunda. Isto é, se eles aparecessem na aula.

Abri a minha mala e separei toda a roupa suja acumulada dos últimos dias. Desde que cheguei à Argentina, não tive a oportunidade de parar e me organizar, e era isso que eu faria hoje.

Levei a roupa suja até onde ficava a lavanderia. Coloquei tudo na máquina, medi o sabão e selecionei o programa. Resolvi pegar o livro do García Marquez, puxar uma cadeira e prosseguir com a leitura ali mesmo, enquanto a roupa lavava. Era uma forma de unir o útil ao agradável. Quando terminou de lavar, coloquei tudo na secadora e continuei minha leitura, que realmente estava me conquistando.

Os afazeres domésticos são sempre uma excelente distração aos problemas do cotidiano.

Uma hora depois e com todas as roupas limpas, levei tudo de volta ao quarto e guardei na mala. Vi que já era quase uma da tarde; logo, a fome iria bater de novo. Desci até a recepção e perguntei a Ariel o que ele gostaria de almoçar. Como ele ficou de charminho, avisei que ia ao mercado comprar as coisas e era bom que ele gostasse do que eu fosse cozinhar.

A verdade era que eu não fazia a mínima ideia do que comprar. Entrei no mercadinho e esperei que os produtos falassem comigo, que me inspirassem. Sem sorte, resolvi por espaguete à bolonhesa com almôndegas congeladas mesmo. Sim, eu sou assim de criativa.

Fui direto para a cozinha para não dar chance ao Ariel de fazer perguntas. Sempre que eu passava por lá ele me parecia tão ocupado! Sempre atendendo ao telefone ou digitando algo no computador, ou respondendo algum hóspede, ou anotando alguma coisa. Eu, no lugar dele, já teria pedido as contas!

O macarrão ficou com um cheiro delicioso, e nos servi dois pratos bem generosos, fazendo questão de que a aparência fosse bem atraente, numa tentativa de compensar a possível decepção com o menu. Coloquei tudo, inclusive a panela, numa das mesas da recepção e chamei Ariel para almoçar comigo.

— Uhm! Macarrão com almôndegas! *Me encanta*!

Fiquei na dúvida se ele estava sendo irônico ou não, então, em resposta, fiz uma bolinha com o guardanapo e joguei nele, que riu de mim em retorno.

— Sabe o que esse prato me lembra? — continuou ele. Como eu apenas ergui a cabeça em resposta, ele prosseguiu: — Aquele filme "A Dama e o Vagabundo", conhece?

Quem não conhecia esse filme? Ou, melhor ainda: quem não conhecia a cena clássica na qual o Vagabundo empurrava a última almôndega do prato para que a Dama a comesse?

E o pior era que nem era minha intenção fazer um almoço romântico, apenas pensei na praticidade de cozinhar, já que eu não era nenhuma chef.

— Espero que goste — falei, timidamente. — Não é lá grande coisa, mas, fui eu quem fiz.

— *Gracias*, Sofia. *Y gracias* pelo almoço do outro dia também. Comi tudo!

Tinha esquecido completamente disso! Ainda bem que ele tinha comido, se não teria estragado.

— *Por nada*!

— Sabe, faz muito tempo que eu não como refeições aqui no hostel. Como você pode ver, o ritmo aqui é muito agitado, não dá tempo para cozinhar.

— E como você faz? — Dei uma garfada na última almôndega do meu prato e coloquei-a inteira na boca.

— Peço para entregar. Tenho uma lista com o telefone de todos os restaurantes do bairro, daí vou variando. Às vezes algum hóspede pede ou cozinha alguma coisa e me oferece também, mas eu nunca conto com isso. Geralmente eles preferem guardar na geladeira para o dia seguinte.

Senti pena dele. Comer em restaurante era muito legal, mas chega uma hora que você sente falta do tempero próprio. Ao menos eu sentia.

— Me conta mais sobre você? — pedi.

Ariel se serviu de mais macarronada e voltou a comer, intercalando com a narrativa.

— Sou filho único, moro com minha mãe no bairro de Flores, que não é nada bonito, como já lhe falei. "Moro com minha mãe" é modo de falar, já que passo quase todo o tempo aqui. Tenho vinte e dois anos.

— Uau! Jura? Não achei que você fosse tão mais velho que eu! — Não consegui evitar o comentário.

Ele engoliu um pouco de comida e falou:

— Tão mais velho? Quantos anos você tem?

— Dezenove.

Ele riu com vontade.

— Realmente. Sou *muito* mais velho que você!

Dei-lhe língua em resposta.

— E o que mais? Além de, claro, saber que seu filme favorito é "A Dama e o Vagabundo"?

Ariel sorriu, baixou o rosto e, com o nariz, empurrou uma almôndega em seu prato em minha direção. Eu me diverti com o gesto. Embora já estivesse satisfeita, senti a obrigação de comer bolinha de carne, afinal, era o gesto que importava.

Ele sorriu em ver que eu entendi sua intenção e me puxou para um beijo sabor bolonhesa.

Era bom ficar assim, à toa, sem pressa para sentir, sem pressa para amar. Aos poucos, eu ia me sentindo mais leve.

CAPÍTULO 20

Passei o sábado inteirinho com o Ariel, curtindo o simples fato de estarmos juntos. Eu o ajudei com algumas coisas do hostel, fiz-lhe companhia, mas também tirei um tempo para mim, para fazer os deveres do curso e mandar mensagens às minhas amigas no Brasil.

Dos Albuquerques, nem notícias.

À noite, eu já tinha feito amizade com uns australianos que estavam passando a semana em Buenos Aires. Eles já haviam visitado a Flórida e ficamos trocando experiências. Falar da Flórida sempre me deixava bastante sensível, pois, dentre todas as lembranças que eu tinha daquele lugar, a mais forte de todas era Tristan; uma lembrança que eu queria e não queria esquecer.

O grupo estava planejando visitar a cidade de Tigre no dia seguinte e eu e Ariel resolvemos aceitar o convite para irmos juntos. Não era muito longe, dava para ir e voltar no mesmo dia, e como domingo era um dia que todo mundo passava o dia inteiro fora — e não havia nenhum check-out para fazer —, Ariel poderia ir junto e garantir que nós não nos perdêssemos.

Tudo combinado, subi para o quartinho para arrumar as coisas para o dia seguinte e já deixar tudo pronto para a semana de aulas. Quando já estava prestes a me deitar, pensei em Ariel lá em baixo. Onde será que ele estava dormindo? Senti uma pontinha de culpa e desci novamente as escadas.

Encontrei-o arrumando tudo para deixar a recepção.

— Você... quer dormir lá no quartinho hoje? — perguntei de mansinho, para não passar uma ideia errada.

Ele demorou um longo segundo antes de responder, como se estivesse pesando as palavras.

— Você... tem certeza?

— É... só dormir mesmo. — Torci as mãos, num gesto involuntário de nervosismo.

— *Todo bien*.

Ele me seguiu escada acima. No caminho, questionei-me se estava fazendo a coisa certa. Porém, uma coisa que eu já sabia era que Ariel era muito carinhoso e cuidadoso, e eu sentia que podia confiar nele. Sem meus amigos por perto, eu também estava me sentindo bem sozinha.

Ariel tirou os tênis e os colocou nos cantos, deitando-se, em seguida, no lado esquerdo da cama. Queria poder dizer a ele que poderia se sentir à vontade, que podia tirar a blusa, dormir de cuecas, que eu não me importava. Mas, no fundo, eu me importava, sim. Então, deixei que ele tomasse as decisões por si mesmo.

Apaguei a luz e fui para o outro lado da cama, desejando-lhe boa-noite em português e em castelhano.

Um som diferente de despertador me fez acordar mais cedo do que eu programara. Quando abri os olhos, dei-me conta de que era o despertador do Ariel. E então percebi que, durante a noite, eu dormi abraçada com ele.

— *Buen día* — sussurrou ele ao meu ouvido.

Espreguicei-me baixinho e, disfarçadamente, desfiz o abraço.

— *Buen día* — respondi.

— Eu vou descer para cuidar dos hóspedes pela manhã, antes de irmos para Tigres. Leve seu tempo para se arrumar. Saímos em duas horas.

Ele beijou o topo da minha cabeça e saltou da cama, numa disposição invejável. Em seguida, pegou seus tênis e saiu pela porta, deixando-me sozinha no quarto.

Dobrei os braços atrás da cabeça e fitei o teto, refletindo.

Eu acabei de passar a noite inteira na mesma cama com Ariel e ele não tentou nada comigo. Nadinha. Absolutamente nada. Respeitara minha vontade sem nem contestar.

Não achei que ele não quisesse — provavelmente queria — fazer algo mais, porém, como não dei nenhuma abertura, ele simplesmente aceitou apenas dormir comigo. E ainda foi gentil o suficiente para me dar bom-dia no dia seguinte.

Definitivamente, Ariel era um tipo de rapaz raro de se encontrar.

A pergunta que inquietava meu coração era: será que eu o merecia?

Não que eu não fosse digna de estar com um rapaz legal, gentil, respeitador, carinhoso. Porém, eu não estava sendo sincera com ele e nem estava permitindo que ele entrasse em meu coração. E, quanto mais maravilhoso ele era comigo, mais eu me sentia mal com relação a ele.

Isso é coisa da sua cabeça! Deixa isso pra lá, aproveite a vida!

Suspirei fundo e mudei o foco dos meus pensamentos. Naquela tarde em grupo iríamos visitar Tigres, e, pelo que os australianos haviam dito, seria um passeio divertidíssimo!

— Um tigre de verdade? — Ariel não podia estar falando sério.

— Sim, de verdade! Você pode ir lá e tirar uma foto com ele.

Os australianos já estavam se encaminhando para o local que Ariel apontava, e eu acabei seguindo junto. Embora ele tivesse confirmado, sou o tipo de garota que só acredita vendo.

Cada um pagou um valor e se encaminhou para uma área indicada pelos funcionários do zoológico. Segui junto, mas Ariel ficou para trás, para tirar mais fotos de todos.

Quando chegou minha vez, congelei. Era mesmo um tigre de verdade. Com listras. Com garras. Com dentes.

Cada pessoa se aproximava por trás e um funcionário do zoológico tirava a foto da pessoa com o tigre. Na minha vez, senti a adrenalina bombear meu sangue, num misto de nervosismo, medo e excitação.

Se minha mãe soubesse que eu estava ali, tão pertinho de um tigre de verdade, sem nenhuma proteção, certamente me mataria!

Aquela experiência tinha sido indescritível! Algo que eu realmente não imaginava fazer na vida. Eu fiquei tão animada que, quando saí, agarrei Ariel pela gola da blusa e tasquei-lhe um beijão, desses de cinema.

Quando finalmente nos separamos, ele falou:

— *Oye*! Se eu soubesse que você ia reagir assim a *un tigrito* eu a teria trazido aqui antes.

Ri e dei-lhe um tapa de mentirinha no ombro.

— Pois devia mesmo! Eu estou adorando esse passeio! Nunca achei que pudesse gostar de um zoológico na minha vida!

Ele passou o braço ao redor dos meus ombros, conduzindo-nos de volta ao grupo, que aparentava a mesma excitação que eu.

— O zoológico de Tigres é um dos mais famosos do mundo, justamente por essa oportunidade que o visitante tem de poder passear entre os animais soltos.

— Eu acho isso tão incrível!

— Que bom que gostou. Mas, eu já tenho de voltar para o hostel. Se você quiser ficar com eles...

— Não, não. Melhor eu voltar com você. Amanhã eu tenho aula e tudo mais.

Concordamos e nos despedimos dos nossos amigos *aussies*. O caminho de volta para Buenos Aires era longo e eu ia aproveitar para conhecer melhor aquele rapaz que me acompanhava em minha viagem.

CAPÍTULO 21

Quinze minutos depois de a aula ter começado, finalmente Rapha e Gui apareceram na sala. Com a maior cara lavada, eles se desculparam com o Sr. Pancho e se sentaram em seus lugares de costume.

— Oi? — falei, já que eles não se dirigiram a mim.

— Oi, Sofia! E aí? — Rapha me cumprimentou, e Gui apenas deu um tchauzinho balançando os dedos.

Onde tinha ido parar minha melhor amiga?

— Eu queria falar com vocês. Será que podíamos almoçar juntos?

Pisava em ovos com eles. Não sabia como lidar, se fingia que nada tinha acontecido, que não senti a falta deles... *Sei lá!*

O Sr. Pancho nos *repreendeu* e focamos nossa atenção na aula. As horas pareciam durar uma eternidade, mas, felizmente, o intervalo enfim chegou.

Sugeri a meus amigos que comêssemos num pequeno restaurante na Calle Florida ali perto, que prometia um prato feito por menos de dez pesos. Ao chegarmos, verificamos que o local era bem pequeno e estava abarrotado de gente. Não era o ambiente ideal para quem quer conversar, porém, não tínhamos tempo para ficar escolhendo.

Sentamo-nos à mesa, pedimos nossos pratos de imediato e uma garrafa de refrigerante de um litro para dividirmos. Pouco depois, o garçom trouxe nossos pedidos e começamos a comer.

— Então, o que houve com vocês? — Alguém tinha de tocar no assunto, já que parecia que, para eles, nada tinha acontecido.

— Como assim? — Gui retrucou, fazendo-se de inocente.

Aquela atitude dissimulada da minha amiga estava me intrigando. Onde foi parar a cumplicidade que tínhamos?

— Ué? Vocês não apareceram na aula na quinta e na sexta, nem deram sinal de vida... Mandei mensagens todos os dias, inclusive no final de semana, e vocês nem me responderam!

— Ah, isso? — Minha amiga riu, como se eu tivesse contado algo extremamente engraçado. — A gente foi pra Córdoba.

Quase engasguei quando ouvi aquilo.

— Córdoba? Isso não é outra cidade? Tipo, horas de distância?

— É sim — respondeu Rapha. — Yuri alugou um carro por uns dias porque tinha de ir até Córdoba e nós resolvemos ir junto. Não dá para recusar uma oportunidade dessas, né?

Eu não sabia se ficava perplexa, chateada, com inveja, ou o quê.

— Gente! Mas e as aulas? Vocês perderam dois dias inteiros! — lembrei-os.

Gui apenas deu de ombros.

— Bom, se vocês quiserem, eu copiei as anotações para vocês. Quando voltarmos à sala, eu entrego.

— Ei, valeu, Sof! — Rapha me abraçou de lado, mas eu ainda não estava completamente satisfeita.

— Por que vocês não me responderam? Eu deixei várias mensagens, perguntando por que não apareciam na aula e quais eram os planos para o fim de semana, mas nenhum dos dois me respondeu, poxa vida!

Sim. Eu estava chateada. E muito.

— A gente saiu pra Córdoba na quinta-feira de manhãzinha, e eu esqueci o carregador no apartamento. Antes do almoço meu celular já tinha descarregado.

— Certo... Mas e você, Gui?

Minha amiga simplesmente deu de ombros novamente.

Aquele gesto me machucou muito. Entendi que ela esteve com o celular o tempo todo, carregado, e simplesmente havia optado por não me responder. Ela estava me evitando!

— Ei, Yuri tem ingressos para o show que ele tá produzindo nessa sexta, você quer ir? — Rapha mudou de assunto, sentindo que o clima que tinha ficado esquisito com a falta de resposta da irmã.

Não. Eu não queria ir. Queria que Yuri e o apartamento dele explodissem!

Porém, para estar com meus amigos, aparentemente eu teria de topar os programas deles, sempre.

— Hum, claro! — respondi, sem nem me importar show de quem que era.

A "conversa" sobre o sumiço dos meus amigos não tinha sido bem como eu esperava. O clima meio esquisito permaneceu durante toda aquela semana, pelo menos para mim. Sentia que algo tinha se perdido, mas, sem saber o que era, não sabia como fazer para consertar.

Sexta-feira, depois da aula nós seguimos todos para o apartamento na Calle Olazábal, onde nos encontraríamos com Yuri e onde eu dormiria naquela noite, só para facilitar na volta. Particularmente, não gostava muito de ir ali, porém, era bom também me libertar um pouco do Ariel e do hostel. Não que ele estivesse me cobrando alguma coisa, pelo contrário: desde que dormimos juntos, as coisas melhoraram entre a gente.

O problema era eu.

Enquanto nos arrumávamos, Rapha resolveu preparar drinks para nos "aquecermos" para o show. Eu não queria beber, mas também não queria ser a estraga prazeres. Assim, fiz um acordo comigo mesma de que aquele seria o único drink que eu beberia naquela noite.

Gui me ajudou fazendo um penteado bacana em meus cabelos e aquilo foi legal. Foi como se o climão da semana não tivesse acontecido e eu preferi que fosse dessa forma, deixando para lá qualquer mal-estar entre a gente.

Yuri chegou e nos conduziu ao local do show, e todos nós, incluindo Maitena, o seguimos, levando nossos drinks conosco. Eu não fazia a menor ideia do que estava bebendo, mas estava bem forte.

A casa de show era um espaço bem legal, perto do aeroparque da cidade. Sei disso porque passamos em frente quando estávamos a caminho. Devia caber umas quinhentas pessoas no espaço, que era todo iluminado em azul e roxo, com áreas abertas e fechadas. Do lado de dentro, o palco já estava todo preparado e Yuri subiu, anunciando no microfone a primeira atração da noite: um jovem cantor chamado Rubel.

Foi só então que lembrei que o tal festival que o Yuri estava produzindo incluía grupos brasileiros e isso foi uma grata surpresa. O vocalista tinha um tom de voz delicioso e sua presença de palco era realmente marcante. Com certeza eu seguiria os passos daquele grupo quando estivesse de volta ao Brasil.

No intervalo, um DJ entrou tocando uns rocks ingleses. Perguntei aos demais se alguém queria beber alguma coisa e Rapha concordou em me acompanhar ao bar para me ajudar a trazer tudo. Quando voltamos, Maitena e Gui dançavam até o chão de maneira muito engraçada, e suspeitei de que não era a única a pensar assim.

A grande atração da noite subiu no palco e causou um *frisson* de imediato na plateia. Yuri subiu ao microfone para gritar: "Com vocês, PE DRO SAM PAI O!"

Quase não acreditei que aquela DJ era brasileiro. Sério! O cara já entrou no palco botando tudo para quebrar, numa mistura de funk e sertanejo que era impossível ficar parado!

Puxei minha melhor amiga para perto de mim e cantamos juntas imitamos os passos dos dançarinos no palco, indo e voltando até o chão. Sabia que minhas pernas ficariam doloridas no dia seguinte, mas eu não estava nem aí. Dançamos como se não houvesse amanhã, como se não houvesse passado e como se o presente fosse a única coisa que nos importava. Porque assim é quando se é adolescente: apenas o agora importava.

CAPÍTULO 22

Já eram quase 2h da tarde de sábado quando finalmente acordei. Suspeito de que acordei apenas porque meu estômago começou a reclamar por comida, pois não sentia a mínima vontade de abrir os olhos, muito menos de levantar. Tudo bem que dessa vez quem dormiu no sofá foi Yuri, mas apenas porque ele voltou para o apartamento muito depois da gente, já que tinha que ficar lá para encerrar o evento e orientar as bandas.

Virei para o lado e verifiquei que o Rapha não estava mais em sua cama. A curiosidade foi mais forte que a preguiça. Fui à sua procura, sem me importar que ainda vestia uma camiseta dele que ele me emprestou para dormir na noite anterior.

Encontrei-o na cozinha, bebendo água direto da garrafa.

Por que os homens tinham mania de fazer isso?

— *Buen día*! — Assustei-o, fazendo com que ele cuspisse um pouco de água.

— Bom dia — respondeu, limpando a boca com o braço.

Eu ri.

— Tô morrendo de fome! Quer ir lá na rua comer algo?

— Tem comida aqui. — Ele apontou para a bancada da cozinha.

— Hummm... Mas é melhor eu não abusar, né? Já dormi ontem aqui, sem estar pagando pelo quarto. Comer a comida de vocês seria um pouco demais, né?

— Ah, fala sério, Sofia! Até parece que a gente ia te cobrar uma fatia de pão!

Não era bem isso que eu queria dizer, mas também não insisti.

Rapha começou a pegar os produtos dos armários e da geladeira e eu o ajudei, adivinhando o que ele tinha em mente. Peguei o pacote de pão de forma e separei algumas fatias, passando manteiga nelas e colocando fatias de queijo e de presunto. Ele colocou a sanduicheira na tomada e acomodou dois sanduíches nela. Em seguida, pegamos dois copos limpos e nos servimos de leite com achocolatado.

Os sanduíches estavam com o queijo perfeitamente derretido e Rapha e eu nos fartamos, comendo dois sanduíches cada. Minha convivência com ele estava ótima, e a viagem estava servindo para me provar que ele não era tão chato e implicante quanto eu achava. Na verdade, ele era até bem legal, apesar de às vezes cismar comigo, especialmente no início. Talvez porque eu nunca esperei nada dele, agora a nossa convivência estava super de boa. Ao contrário da minha com a Gui, que parecia ter uma barreira entre nós.

Yuri apareceu na cozinha, provavelmente atraído pelo cheiro da comida. Eu nem o tinha visto no sofá quando passei pela sala, então, ofereci-lhe sua cama de volta, caso ele quisesse descansar por lá.

— Rapha, precisamos fazer o dever do curso — lembrei-o.

Em algum momento teríamos que parar aquele fim de semana para estudar.

— Ah, é. O vídeo, né?

O professor havia pedido que fizéssemos um vídeo-depoimento, falando sobre como estava sendo nossa experiência em Buenos Aires até aquele momento, afinal, já estávamos na metade do curso de cinco semanas.

— É. Eu tava aqui pensando... Podíamos falar do show de ontem! O que acha? Tinha música de tantos lugares do mundo! Acho que *el maestro* ia curtir isso, hein?

Rapha concordou, mas teríamos de esperar a Gui acordar. Enquanto isso, ficamos de papo com Yuri até ele se despedir e se retirar para seu quarto. Yuri não era um mau sujeito, apenas se tornou amiguinho dos meus amigos muito de repente, e eu fiquei de fora. E também tinha esse jeitinho irônico/sarcástico que me incomodava, mas, felizmente, eu não precisava conviver com ele todos os dias.

Limpei toda a cozinha enquanto Rapha foi tomar banho. Deixei os sanduíches prontos separados para a Gui e guardei o restante. Em seguida, peguei meu celular e o posicionei em cima da televisão da sala. Dali daria para gravar sem que tivéssemos que ficar nos agachando.

Gui finalmente saiu do quarto, seguida por Maitena. Cumprimentei-as e avisei sobre os mistos-quentes que deixei na bancada para elas. Sonolentas, elas agradeceram. Avisei à Gui que íamos gravar o dever de casa e ela concordou, meio emburrada.

Entrei de fininho no quarto do Yuri e peguei minha mochila, na qual estava meu material da aula e uma muda de roupas junto com minha nécessaire. Em seguida, fui para o quarto das meninas e me troquei.

Quando voltei à sala, o Rapha já estava lá. Conversamos um pouco sobre o que cada um iria falar e Gui apenas concordou, terminando sua refeição e indo se trocar também. Era melhor para todo mundo que terminássemos logo o dever de casa, para que pudéssemos ficar livres.

Pelas três horas seguidas, ficamos falando diante do meu celular, com Maitena servindo como assistente de direção apertando os botões "gravar" e "pausar". Esse negócio de vídeo parece fácil, mas, na verdade, é muito difícil, ainda mais pra gente que estava tentando falar castelhano e que a toda hora errava a entonação e a pronúncia das palavras.

Já era início de noite quando enfim terminamos. Mas ainda tínhamos de editar o vídeo.

À essa hora, Yuri já tinha acordado e, ao ouvir nosso desespero sobre edição, resolveu nos ajudar. Não seria nada complexo, mas nós, que nunca fizemos isso antes, levaríamos anos para terminar o serviço.

Em troca, decidimos dar uma geral no apartamento, que parecia nunca ter recebido uma faxina apropriada desde que o pessoal se mudou para lá. Com todo mundo ajudando, em duas horas já tínhamos terminado, assim como Yuri, que nos entregou enviou um link com nosso vídeo pronto.

Lembrei que no dia seguinte haveria um jogo de vôlei entre os alunos do curso e os alunos da UBA, que o Sr. Pancho havia mencionado quando meus amigos não haviam ido à aula. Achei a ideia divertidíssima e comentei com os demais. Como o professor não havia mencionado nada sobre o jogo ser exclusivo para os alunos, falei com Yuri e Maitena que eles podiam ir também, apenas para ser educada. Eles agradeceram o convite, mas disseram que precisavam gerenciar a desmontagem do evento da noite anterior, e eu não insisti.

Queria poder curtir meus amigos um pouco, só nós três, como era o plano inicial de toda essa viagem. E finalmente eu ia poder fazer isso.

CAPÍTULO 23

Se alguém me dissesse um dia que no verão em Buenos Aires os portenhos jogam vôlei de praia na cidade mesmo sem ter praia, eu teria dado risada e pedido para contar mais piada.

Porém, aquilo existia.

O parque estava bem cheio, como um bom domingo deve ser. As pessoas não se importavam em estender toalhas na grama para sentar e curtir o sol, que, àquela hora, já estava bem forte. Os rapazes andavam sem camisa, só de bermuda e chinelo, e as moças andavam de short e biquíni na parte de cima. Havia também muitas crianças brincando por ali, supervisionados pelos pais.

Encontramos a turma e o Sr. Pancho, que estava bastante engraçado com uma regata amarela que parecia ser um número menor do que a que ele devia vestir, e uma bermuda marrom um pouco grande demais, batendo abaixo dos seus joelhos.

— Um dia ainda pergunto a ele o porquê do "Pancho". Tenho certeza de que esse não é o nome dele. — Rapha riu atrás de mim.

Aproveitei a deixa e o provoquei:

— Duvido!

Ele se surpreendeu comigo.

— Como assim duvida?

— Ué. Duvido que você vá lá e pergunte isso a ele. Você não tem coragem.

Claro que ele tinha. Só queria fazê-lo esclarecer uma curiosidade que eu também tinha.

Rapha estreitou os olhos para mim, como se desejasse mesmo ser desafiado. E, num piscar de olhos, foi em direção ao professor.

— Você está usando meu irmão?

Olhei para minha amiga com meu melhor olhar inocente.

— Claro!

A gargalhada dela era a resposta que eu precisava. Peguei seu braço e seguimos em direção a Rapha.

— Ei! Maestro! — Nós o ouvimos dizer tão logo nos aproximamos.

Sr. Pancho virou-se para ele e cumprimentou-o com um beijo no rosto.

— Wow! Epa! Pera lá! Que isso? — Rapha não conseguiu segurar o espanto, e nem nós.

— Ah, *perdóname muchacho*. Aqui na Argentina os *muchachos* se cumprimentam com beijos no rosto, é normal. *Perdóname*.

Gui e eu explodimos numa gargalhada incontrolável. Ainda bem que aquilo tinha acontecido, assim poderíamos sacanear o Rapha pelo resto da vida.

Ainda meio desequilibrado, ele continuou:

— Tá tranquilo, prof. Se liga, queria te perguntar uma coisa.

— *Dime*.

— Pancho é mesmo seu nome?

Foi a vez *del maestro* gargalhar. A risada dele era bem gostosa, e não só contagiou a gente, como também atraiu a atenção dos outros alunos.

— *No, no*! — respondeu, ainda entre risadas. — Esse é meu *apodo*, meu "apelido" como vocês dizem em português.

A turma toda prestava atenção nesse momento.

— *Pero*, vejam! *Apellido*, em castelhano, é sobrenome, ehh?

Os alunos balançaram a cabeça. Ele tinha ensinado isso no primeiro dia de aula.

— E afinal, qual é a do seu *apelido*? — insistiu Rapha.

— *Pancho* aqui na Argentina é o nome de um sanduíche... O "cachorro-quente" de vocês, brasileiros.

De todas as explicações que eu tinha imaginado, jamais pensei que seria algo relacionado à comida.

— Na verdade, é "*superpancho*", pero "super" eu só viro à noite, quando sou super-herói — *El maestro* deu uma piscadinha, encerrando o assunto e deixando uma ponta de mistério no ar.

Eu realmente não entendi o que ele quis dizer com aquilo, mas percebi que ele não explicaria mais nada. Em todo caso, aquela conversa tinha agradado a todo mundo. Aparentemente, não éramos os únicos curiosos sobre o nome dele.

O professor dividiu os alunos em três times, de modo que os dois primeiros jogariam entre si e o vencedor jogaria com o reserva. No final, o reserva jogava com o perdedor da outra partida, de modo que todo mundo jogasse duas vezes e cada partida teria a duração de uma hora.

Nós ficamos cada um em um time, o que me chateou um pouco, mas entendi que a intenção do professor era fazer com que os alunos interagissem, fizessem novas amizades.

O tempo passou voando enquanto brincávamos. Eu até que jogava bem, mas não era nenhuma profissional. O meu tive estava bastante equilibrado, porém, como os jogos não valiam nada, os alunos entraram num acordo silencioso de que o objetivo ali era se divertir e evitar que alguém se machucasse. Todo o resto era lucro.

Quando o jogo acabou, fomos dispensados pelo professor e eu deitei na grama para recuperar o fôlego. Gui comprou água para a gente e, após me reidratar, lembrei a meus amigos de que eles deveriam levar o vídeo para a aula no dia seguinte. Já era fim da tarde, eu tinha fome e ainda tinha de voltar para o hostel, então, me despedi.

Minha amiga não escondeu a insatisfação em me ver ir embora.

Um cheiro bom de comida vinha do hostel e aquilo fez com que eu acelerasse meu passo para entrar no casarão. Não sabia identificar o que era, mas parecia algo bem elaborado.

Porém, quando abri a porta, desejei não ter entrado.

Na sala, sentados à uma mesa, jantando juntinhos, estava Ariel e uma loira desconhecida. A Barbie estava toda se jogando pra cima dele, com o braço em volta do seu ombro, puxando-o para si. Ariel não facilitava, mas também não impedia o avanço da garota.

Meu sangue ferveu na hora e senti a raiva tomar conta de mim.

Os dois estavam rindo, cúmplices. Diante deles, o prato cujo cheiro maravilhoso eu tinha sentido do lado de fora. A *beldadezinha* havia cozinhado para ele, e ele não só estava comendo, como também estava adorando.

Ou isso, ou estava se fazendo de besta.

A loira percebeu minha presença, e isso chamou a atenção de Ariel. Quando me viu, imediatamente ele se levantou.

— Sofia!

Mas eu não fiquei para ouvir. Nem para ver mais nada.

Virei as costas e saí pela porta pela qual acabei de entrar. Andei umas três quadras sem pensar ao certo aonde ia ou o que faria. Sabia apenas que não queria ficar naquele lugar. Não agora.

Quatro fatias de pizza depois, eu ainda estava furiosa, mas ao menos tinha ingerido uma quantidade de carboidratos e de gordura o suficiente para acalmar a minha alma.

Porque toda garota sabe que, para curar uma birra de amor, só mesmo comendo besteira.

Ainda me sentindo infeliz, paguei a conta e segui para o mercado que, felizmente, ainda estava aberto, embora parecesse que não fosse permanecer assim por muito mais tempo.

Para minha sorte, o freezer com sorvete Häagen-dazs ficava logo na entrada, então, alcancei um pote pequeno sabor chocolate belga e entreguei o dinheiro ao caixa. Do lado de fora, procurei um banco na praça de San Telmo, que, àquela hora, já não tinha quase resquícios da feirinha de mais cedo.

Ok, pizza e sorvete de chocolate arruinariam completamente todo o exercício que eu fiz naquela tarde, mas, não tinha como ser diferente. Para acalmar um coração inquieto, só comida conforto mesmo.

Saboreei cada colherada do sorvete como se fosse única, tentando não pensar em nada. Porém, quanto mais tentava, mais eu me frustrava. Eu não sabia o que estava sentindo, e, sem ter a resposta para isso, não conseguiria resolver meu problema.

Se é que havia um.

Sem resposta, fui obrigada a voltar ao hostel, afinal, não poderia ficar na rua para sempre.

CAPÍTULO 24

Abri a porta devagar, tentando não fazer barulho. Não sei por que estava agindo assim. Não queria encontrar com Ariel, muito menos com a loira.

Mas, claro, a sorte não sorriria para mim duas vezes no mesmo dia.

— Sofia! — Ouvi-o chamar por mim, tão logo eu botei meus pés dentro do casarão.

Eu até abri a boca para dizer alguma coisa, porém, no mesmo instante vi a Barbie sair da cozinha, secando as mãos no pano de prato. Eu não tinha reparado antes, mas ela trajava um vestido *beeeem* curtinho; se é que se podia chamar aquilo de vestido.

Suspirei.

— Agora não. — Foi tudo que consegui dizer.

Arrastei meu corpo cansado, suado, descabelado e cheio de carboidratos escada acima, sob os olhares dos dois. Eu não queria discutir nada, não queria entrar em conflito com ninguém, não queria lidar com nada daquilo.

Principalmente porque eu não sabia o que era "aquilo". Porque eu não sabia também o que eu e Ariel éramos. E, sem nada oficial, não se tem direito de ficar magoado, certo?

Joguei minhas coisas no chão do quarto, peguei minha toalha e meu pijama e me dirigi ao banheiro. Um bom banho e uma boa massagem nos cabelos ajudariam a relaxar meu corpo para dormir, e isso teria de ser suficiente para sossegar minha alma inquieta. O que quer que eu tivesse que pensar ficaria para o dia seguinte. Eu tinha que acordar cedo para a aula e não tinha tempo para ficar imaginando abobrinhas.

Durante a aula, eu não conseguia me concentrar em nada que o Sr. Pancho falava. Fui com meus amigos entregar o link com nosso vídeo, e o professor disse que analisaria antes de o apresentarmos à turma no final da semana. O curso seria avaliado em provas de pronúncia — com o vídeo que entregamos—, escrita e compreensão geral. Eu me sentia um pouco nervosa em ser avaliada, afinal, não estávamos estudando a língua com tanto afinco, porém, só saberia se tinha sido bem-sucedida com minha empreitada se fosse aprovada em todos os pontos do curso.

Porém, naquele dia em particular isso estava sendo bem difícil, e o fato de eu estar na sala serviu apenas para eu não ganhar uma falta, pois minha cabeça estava num hostel, há algumas quadras dali.

E meu coração estava bem mais longe, enterrado há quilômetros, na Flórida.

Tentava analisar a situação da noite anterior de maneira imparcial, embora fosse um esforço tremendo para mim. Fiz uma pequena lista no meu caderno:

a) Passei o fim de semana inteirinho fora, com meus amigos e nem sequer pensei em avisar ou mandar uma mensagem para Ariel. Isso não foi legal, ok, eu reconheço.

b) Mesmo assim, isso não dava a ele o direito de me descartar assim e deixar a primeira songa-monga se pendurar em seu pescoço como um colar havaiano, né?

c) E, afinal, o que tanto me incomodava, já que a gente não estava namorando e eu mesma, se fosse admitir, não gostaria que fôssemos namorados oficiais?

Essas perguntas ficavam repetindo como vitrola velha na minha cabeça e eu tentava respondê-las sem me enganar. Porém, quanto mais tentava, mais eu tinha certeza de que, não importava quantos anos eu tivesse, jamais conseguiria lidar com essas questões do coração.

Mas, afinal, o que exatamente tinha acontecido ontem? Eu cheguei ao hostel cansada e encontrei Ariel jantando com uma garota. Ok, a garota era um pouco bonita demais, e ela estava se jogando para cima dele, mas, fora isso, aconteceu mais alguma coisa? Tudo bem, eu não fiquei lá para saber, saí correndo que nem uma menininha assustada.

Depois, quando voltei, não dei chance para ele explicar nada. Sei que fiz isso para evitar conflito, afinal, se eu começasse a conversar naquele momento, certamente soltaria os cachorros para cima dele e a conversa seria de via única, com eu gritando e ele tentando falar.

Não, tomei a decisão certa em ir dormir primeiro, esfriar a cabeça, pensar no assunto e conversar depois.

Eu me conhecia, e me arrependeria profundamente em magoar alguém por causa de suposições que muito provavelmente só existiam na minha cabeça.

No final da aula, despedi-me rápido de meus amigos e me afastei antes que eles pudessem questionar. Não queria dar explicações.

Era uma daquelas situações que eu não queria ter de lidar, mas que, ao mesmo tempo, quanto mais cedo eu resolvesse, melhor seria para mim.

Ariel não estava na recepção quando voltei ao casarão. Cogitei escapar de fininho novamente, roubar alguma comida da geladeira e me trancar no quarto até o dia seguinte, mas isso apenas adiaria o problema, e eu detestava "climões".

Respirei fundo, soltei o ar devagar e fui procurá-lo.

Encontrei-o na sala de vídeo — ou sei lá como era chamada a área de convívio dos hóspedes —, pregando os anúncios das sugestões de programa para aquela semana.

— *Hola* — disse baixinho para não assustá-lo, já que ele estava numa escada.

Ariel se virou para mim e, ao constatar que era eu, sorriu com sinceridade, e pude também perceber certo alívio em seus olhos.

— *Hola, hermosa*.

Apesar de tudo, ele não deixava se dirigir a mim com carinho.

— Você está de volta! — disse, descendo as escadas.

— Você achou que eu fosse embora? Assim?

Ouvir aquilo me magoou um pouco. Quer dizer então que eu passei a impressão de menininha mimada que não consegue lidar com situações de saia-justa?

— *No*... Não achei. Mas como você não passou o fim de semana aqui, pensei que talvez fosse voltar para... Hum... Onde quer que você tenha passado o final de semana.

Ahá! Eu sabia. Ele se chateou por causa do meu sumiço.

O que não justificava ele fazer o que fez.

Se é que ele fez alguma coisa.

Soltei um longo suspiro. Tinha de parar de realizar diálogos comigo mesma.

Sentei-me num dos almofadões que estavam espalhados no chão da sala e Ariel me acompanhou.

— Eu devia ter ligado, é verdade. Fiquei no apartamento com o pessoal e perdi a hora.

Ele meneou a cabeça.

— Sofia, não quero ser o tipo de namorado controlador. Só fiquei preocupado.

Claro, eu sabia disso. Até porque, seria muita desconsideração da minha parte ficar dormindo de graça ali e não dar um mínimo de satisfação para ele, que estava fazendo o sacrifício de dormir em outro lugar.

Peraí! Ele disse *namorado*?

Meu cérebro começou a conjecturar mil e uma possibilidades. O sangue começou a ser bombeado mais rápido pelo meu coração, realçando as cores do meu rosto.

— Vi que você ficou chateada quando chegou ontem, mas não sei bem o porquê. Olha, Sofia... — Ele pegou minhas duas mãos e as colocou em seu colo. — Não sou um *muchacho* rico. Eu moro fora do centro urbano, como já falei, e isso já explica muito minha condição financeira. Estou trabalhando triplicado aqui no *hostel* porque preciso, e esse dinheiro extra vai me ajudar muito. Eu ainda tenho um ano da faculdade de Turismo pra terminar.

Não sabia por que ele estava me contando todas aquelas coisas, então, apenas assenti com a cabeça, demonstrando que estava ouvindo.

— Eu te falei que de vez em quando alguns hóspedes cozinham e acabam me convidando para comer com eles, seja porque têm comida sobrando, seja porque se sentem sozinhos. Era isso que estava acontecendo quando você chegou ontem.

— Claro...

— *És verdad*! — Ele beijou minhas mãos. — Eu falo *muy en serio* quando digo que gosto de você, Sofia. E também não sou de enganar a *una mujer*. Se estou com você, estou só com você.

Acontece que não estávamos juntos tecnicamente. Tampouco eu queria estar "junto" dele.

Apenas sabia que não queria ficar discutindo esse tipo de coisa. Não era para isso que eu tinha viajado para a Argentina.

— Está... Tudo bem. Me desculpe!

Não tinha certeza se devia me desculpar, mas o disse mesmo assim. Pareceu o melhor a fazer.

Ariel me deu um beijo no rosto e falou que continuaria a colar os cartazes durante um tempo, então, aproveitei a deixa e falei que tomaria banho e me trocaria, e que descia depois para ajudá-lo em seguida, se ele quisesse.

Ele queria. E a forma como me disse isso me passou a sensação de que não importava o que fizéssemos juntos, para ele, seria sempre um tempo maravilhoso.

CAPÍTULO 25

Embora o quartinho fosse bastante aconchegante, não queria ser antissocial e ficar trancada ali o tempo todo, deixando Ariel sozinho na recepção. Se eu pudesse, faria algumas coisas por ele. Era o mínimo que eu podia fazer para retribuir a enorme gentileza que ele fazia por mim.

Encontrei-o no mesmo lugar, dependurado na escada. Os cartazes novos estavam espalhados pelo chão e os antigos ele os tirava um a um e ia depositando no chão também, apoiados na parede. Imaginei que ele tivesse se ocupado com alguma outra coisa no intervalo, afinal, aquela tarefa não deveria demorar tanto.

— Em que te ajudo? — ofereci.

Ele se virou para trás e sorriu. Vê-lo sorrir por minha causa me fazia bem.

— *No, no* precisa. Eu consigo sozinho.

Por que todos os garotos têm essa mania de achar que não precisam de ajuda?

Mesmo ele tendo declinado, aproximei-me e fui lhe estendendo os cartazes um a um, para que ele os pendurasse. Trabalho em equipe era sempre melhor e fazia a tarefa terminar mais rápido.

Enquanto ele fazia a parte dele, eu ia observando o que os dizeres ofertavam. Era todo tipo de passeio, desde para outras cidades, de longa duração, a atividades locais, menos turísticas e mais culturais.

Uma, em particular, chamou minha atenção.

— Vocês vão fazer uma excursão para um jogo de futebol?

Não consegui conter a animação em minha voz. Eu não era uma garota superentendida do esporte, mas curtia. Além do mais, sempre ouvi dizer que esse esporte era uma grande paixão nacional ali, tanto quanto o era no Brasil. Tinha certeza de que seria um evento e tanto!

— Ah! *Y sí*! Vai ser um clássico: Boca Juniors X River Plate!

Pelo visto, eu não era a única animada com aquele programa.

— Ah, é? E para qual deles você torce? — perguntei, entregando-lhe o cartaz.

— Boca Juniors, *por supuesto*!

Gargalhei. Realmente os rapazes eram todos iguais, só trocava a nacionalidade e o time de futebol.

Ariel se empolgou com o assunto e começou a discorrer sobre a histórica rivalidade entre os dois times. Explicou também que um vestia as cores azul e dourado, enquanto o outro vestia magenta com branco e uma faixa atravessada na camisa. Os dois eram times da capital, porém, o jogo seria no estádio do Boca, mundialmente conhecido como "La Bombonera".

— E por que esse nome? — Quis saber.

— Porque o estágio tem a forma de uma caixa de bombom. Bom, ao menos é isso que dizem. Para mim, parece mais uma caixa vertical com onze guerreiros em campo.

— E esse jogo será domingo?

Vendo meu interesse, Ariel não perdeu tempo.

— Se quiser ir, podemos ir. Eu consigo para você de graça.

Era muita tentação! Quis aceitar de imediato, porém, o bom senso me lembrou de que eu não estava sozinha naquela viagem.

— Ah, seria ótimo! Vou falar com meus amigos, tenho certeza de que eles vão se interessar em ir também! Como compramos os convites?

Seria bom poder fazer um programa que reunisse a todos nós. Quando Gui e Rapha estavam hospedados ali, eles até gostavam do Ariel. Pelo menos, até o dia em que fomos embora e eu disse que ficaria.

— Ah, claro!

Desconfiei de uma pontinha de decepção na voz dele, mas me fiz de desentendida. Era bom delimitar territórios, e Ariel precisava entender que, apesar de eu estar ficando ali não significava que eu abriria mão dos meus amigos.

Quando ele terminou de arrumar, corri para o quarto e mandei uma mensagem para meus amigos, avisando sobre o jogo.

Rapha foi o primeiro a responder, dizendo que topava sem nenhuma dúvida, e respondeu pela irmã também, dizendo que ela ia. Avisei-lhes do preço e dos detalhes, muito embora soubesse que teria de falar tudo aquilo novamente quando nos encontrássemos.

Programa marcado, desci para a recepção e fiquei ajudando Ariel. Foi uma experiência bem interessante ficar ali e entender um pouquinho mais do que ele fazia exatamente. Do lado de dentro do balcão, pude ver que o grau de responsabilidade que ele tinha era muito maior do que eu imaginava.

Por exemplo, exatamente tudo tinha de passar por ele, e ele mesmo fazia um filtro do que tinha que ser passado para o gerente e o que ele podia e devia resolver sozinho. Isso valia tanto para a compra de um novo sabonete no mercado por um preço menor a até dar um desconto a algum cliente insatisfeito, para compensá-lo por alguma experiência ruim.

Caso outros recepcionistas trabalhassem ali, eu tinha certeza de que o peso das responsabilidades seria muito menor, e ele certamente passaria a sua jornada de trabalho cuidando de questões mais importantes para a carreira dele.

Até que ficar ali na recepção era bem divertido. Isto é, se você ficava ali apenas para passar o tempo, e não porque era seu trabalho.

Enquanto Ariel cuidava da parte burocrática — realizando reservas, check-ins/outs, fazendo a contabilidade e mexendo no sistema —, eu cuidava da parte prática e mais legal, orientando os hóspedes sobre lugares legais para visitar, onde comprar comida ali perto e até atendia o telefone de vez em quando.

— Ei! Sabe de uma coisa? Ficar aqui contigo pode ser uma ótima ideia! Estou ao mesmo tempo praticando meu castelhano e desenferrujando meu inglês!

— E eu estou adorando que você fique aqui comigo a noite inteira. — Ariel olhou para os lados e, como todos estavam distraídos com outras coisas, ele aproveitou para me roubar um beijo. Meu rosto corou em reação. — Se quiser, pode ficar aqui comigo todas as noites e todos os dias. Não vou fingir e dizer que não preciso de uma mãozinha...

Combinei que me esforçaria ao máximo para passar todo o tempo possível ali com ele. Sua companhia era ótima, eu estava praticando as duas línguas que havia aprendido nos últimos dois anos. Ainda por cima, fazia uma média com a minha consciência, que ainda se sentia meio culpada por ficar ali de graça.

Não podia ser melhor, né?

Assim foram os primeiros três dias daquela semana: num acordo não verbal, eu acordava cedo, ia para a UBA, ficava lá com meus amigos; depois da aula, nós nos despedíamos, eu voltava para o hostel; lá, cozinhava para mim e para Ariel, comíamos, eu o ajudava com o que precisasse na recepção; depois subíamos para o quarto, onde conversávamos até dormir.

Porém, enquanto estávamos na cama, trocando beijinhos e beijões, as coisas iam esquentando entre nós. Eu era sempre a que acabava com a empolgação, cada noite usando uma desculpa diferente.

Mas eu sabia que não podia fazer aquilo com Ariel para o resto da vida, então, achei mais justo abrir o jogo com ele.

Na quarta-feira à noite, subi sozinha para o quarto. Eu sempre subia antes, porque ele ainda tinha de fazer todo o procedimento de fechar o caixa, ligar o alarme e essas coisas. Quando ele entrou, pedi que se sentasse para conversar um pouco.

— Ariel, eu gosto de você.

Aquele não era um bom jeito de introduzir um assunto. Não sabia que eu era tão péssima com isso.

— *Yo también te quiero mucho*!

Fiquei nervosa em ouvir essa resposta, não apenas porque ele dizia que gostava de mim, mas também porque "*te quiero*" podia igualmente significar "eu te amo". Na verdade, o significado era muito mais este. E embora eu gostasse dele, não queria que me amasse. Não assim, tão rápido. Não enquanto eu ainda tinha tanto remendo dentro de mim para consertar.

— Eu... gosto de passar as noites com você, sabe? Gosto de sentir que você está aqui comigo, a noite toda. Gosto de dormir abraçada contigo, eu me sinto bem.

Minha mãe sempre me disse que devíamos ser sinceros com nossos sentimentos, e eu concordava com ela. Quando estive na Flórida, no ano passado, não só segui o que o meu coração mandava, mas também disse aos outros tudo que ele sussurrava para mim.

Foi dessa forma que todos os momentos que eu vivi com Tristan se tornaram tão especiais para mim, e ficariam guardados para sempre aqui dentro do meu peito, num cantinho muito especial que seria sempre só dele.

— Eu quero ser muito franca com você, Ariel. Porque até agora você tem se mostrado um rapaz muito especial, um verdadeiro cavalheiro, um príncipe galante!

Não sei por que estava tão cerimoniosa assim. Parecia até que eu ia terminar tudo com ele!

Acho que era só nervosismo. Estava enrolando, analisando a reação dele ao que eu dizia.

Ele apenas assentiu, entendendo que eu queria falar tudo primeiro antes de ele ter a chance de responder qualquer coisa.

— A verdade é que eu não estou preparada para transar com você.

Pronto! Despejei tudo assim, na lata. Segurei tanto antes, cheia de tato, para, de repente, as palavras me escaparem assim, atropeladas junto da coragem.

Ariel passou a mão em meu rosto, ajeitando uma mecha de cabelo minha atrás de minha orelha, e sorriu. Em seguida, puxou-me para seu peito, depositou um beijo no topo da minha cabeça e disse:

— Vamos, linda. Vamos dormir.

CAPÍTULO 26

Já era meio da tarde, o final de semana estava chegando, meus amigos estavam superanimados com o jogo de domingo, o Sr. Pancho falava sobre alguma atividade especial para o dia seguinte, porém, eu estava completamente desconcentrada.

Depois que eu disse que não estava pronta para transar com Ariel, ele simplesmente me aninhara em seus braços e me embalara até que nós dormíssemos assim, agarradinhos. Ele simplesmente agiu com a maior naturalidade, como se eu não tivesse dito nada demais. Como se o sexo não tivesse um grande peso no tipo de relacionamento que ele queria ter comigo.

Tudo bem que eu não era nenhuma viciada em sexo, mas, não era isso um fator importante e saudável em qualquer relacionamento entre homem e mulher?

Pelo menos para mim era, e no meu namoro com Tristan nós concordamos que gostávamos de transar. Com ele, tudo era muito bom.

O problema era justamente esse: Tristan.

E uma coisa era tentar se abrir para sair com outros caras, outra coisa ter relações sexuais com um rapaz diferente.

Ariel era um verdadeiro cavalheiro, eu não menti quando disse isso a ele. Não havia tempo ruim em sua companhia: sempre sorrindo, sempre prestativo, sem nenhuma pressa com os grilos na minha cabeça. O rapaz dava duro no trabalho e ainda encontrava ânimo para ficar um pouquinho comigo, e se contentava que nesse tempinho a gente apenas se reunisse para comer juntos, conversar amenidades e dormir abraçadinhos.

Será que ele não me desejava?

Bom, não era isso que eu via — e sentia — todas as noites.

Será que ele não se incomodara com o que eu disse? Porque eu, sim, estava incomodada agora, com a falta de reação dele.

Ao mesmo tempo em que não queria simplesmente encostar o garoto na parede e esclarecer a história, também não queria deixar o assunto para lá. Quer dizer, não é normal que um rapaz e uma moça se desejem sexualmente?

Então, por que ele simplesmente me abraçou, sem contestar nadinha?

Nem me dei conta quando a aula acabou e Gui cutucou meu cotovelo, chamando minha atenção para o fato de que todo mundo já estava saindo da sala. Eu não ouvi uma palavra da aula de hoje! Aff!

Sem alternativa, acompanhei os demais para o lado de fora do prédio da UBA e rumei apressada de volta ao hostel. Eu tiraria aquela história a limpo.

— Oi, Ariel. Podemos conversar?

Havia algo de diferente nele e não era o fato de naquela noite não estar usando a costumeira blusa de algodão com o símbolo do albergue. Ele usava perfume. Estava arrumado, até mesmo seu cabelo — e aqueles *mullets* que me davam vergonha — estavam ajeitados de maneira diferente, com um gel para comportá-los.

— *Hola*, Sof!

Ele se aproximou de mim, sorridente, e beijou meu rosto. Tínhamos feito um acordo silencioso de não fazermos grandes demonstrações de carinho no ambiente de trabalho dele, especialmente durante o expediente e quando houvesse hóspedes ao redor. Simplesmente não pegava bem.

— *Perdóname*, estou um pouco ocupado agora. Tenho um compromisso. Pode ser depois?

Aquilo me desconcertou. Eu havia esquecido completamente que ele poderia ter uma vida social pessoal também, e que pudesse fazer alguns planos e programas que não me incluíssem.

Diante daquela descoberta, senti-me traída.

Tudo bem, eu não tinha o menor direito de me sentir assim, mas era assim que eu me sentia e pronto.

— Ah, tudo bem... — respondi, resignada, e dei-lhe as costas pronta para subir, quando o ouvi rir atrás de mim.

Ele pegou minha mão e me fez virar novamente de frente pra ele.

— Correção: *nós* temos um compromisso.

Fiz cara de interrogação. Não me lembrava de ter combinado nada além do jogo de domingo. Ou será que eu andava tão distraída que nem as coisas que ele dizia eu prestava mais atenção?

— Vá se arrumar, *guapa*! É *una sorpresa*!

Eu ri.

— *Guapa*? O que é isso?

Ariel sorriu torto, como se tivesse gostado da pergunta.

— Significa "bonita", "linda". *Guapa*!

— Adorei! De agora em diante, vou te chamar de "*guapo*" também.

A menininha dentro de mim parecia em festa. Eu adorava surpresas, e devia confessar que o que quer que ele tivesse planejado realmente havia passado despercebido por mim.

— Mas, me arrumar como? O que eu visto? Aonde vamos?

Uma meia dúzia de detalhes básicos eu precisava saber, né? Não é a mesma coisa ir a uma festa do pijama que ir a um casamento.

Ariel me olhou de cima a baixo, analisando-me.

— Apenas coloque seu melhor vestido — disse, por fim.

Aquele suspense todo deu uma injetada de adrenalina em mim. Subi as escadas correndo, esperando que houvesse tempo o suficiente para que eu me arrumasse direitinho.

Revirei minha mala em busca do meu melhor vestido. Não sabia como Ariel tinha conhecimento daquilo — talvez porque toda garota tenha uma peça de roupa favorita —, mas, como essa era a única indicação que ele me deu, eu deveria segui-la à risca, afinal, ele estava todo arrumado!

Depois de alguns minutos, dei-me por satisfeita. Não dava para eu ficar ali a noite inteira tentando fazer milagre — até mesmo porque eu não conseguiria —, e, além do mais, não sabia a que horas começaria o que quer que ele tivesse planejado para a gente.

Quando desci as escadas, percebi que meu vestido preto tubinho e meu salto alto surtiram efeito.

Ariel conversava com dois hóspedes asiáticos e, ao me virem, os três encerraram o assunto, virando as cabeças em minha direção e ficando completamente embasbacados.

Fiz uma nota mental para investir um pouco mais na minha aparência. Ao que parecia, eu agradava aos homens. Infelizmente, eu só me lembrava de me cuidar quando estava de viagem.

— *Hola!* — disse ao me aproximar dos rapazes.

— *Que hermosa estas*!

Os asiáticos soltaram um assobio de aprovação e se afastaram, entendendo que estavam sobrando ali.

— Então, aonde vamos?

— Você verá.

Ariel deu uma piscadinha matreira para mim, pegou minha mão e me conduziu para fora do hostel.

A curiosidade já não cabia mais dentro de mim.

CAPÍTULO 27

Depois de pegarmos um táxi por cerca de quinze minutos, descemos em frente a um casarão com a fachada toda iluminada em colorido. Era um espaço com uma porta de entrada apertada e um senhor negro vestindo um impecável terno de risca de giz e um chapéu enfiado na cabeça, que ocultava parcialmente seu rosto, embora o largo sorriso pudesse ser visto de longe.

Ariel conduziu-me à entrada e só então pude ler o letreiro:

"LA TANGUERÍA"

Somei dois mais dois e...

— Você me trouxe para uma casa de tango?

Eu estava admirada com a capacidade do Ariel de acertar exatamente os lugares e os passeios a fazer. Tudo bem que ele trabalhava com turismo, então, devia ser mais fácil para ele adivinhar o que agradava a um turista, mas, mesmo assim, parecia que ele sabia exatamente o que eu gostaria de fazer e de conhecer naquele país.

— *Sí! Te gusta*?

Virei-me para ele com meus olhos brilhando. A sensação era a de que eu ia ver um grande espetáculo pela primeira vez na vida.

— Se eu gostei? É claro que eu gostei! Eu amei!

Mais do que aquela surpresa toda, eu gostava também da forma como ele falava. Tinha uma maneira peculiar de acentuar as últimas sílabas toda vez que falava em castelhano, e eu achava isso muito fofo.

Puxei-o para mim e dei-lhe um longo beijo ali mesmo, à porta. Intimamente, esperei que o senhor da entrada não se incomodasse com aquela cena.

— *Bueno, bueno*. O casal apaixonado vai entrar ou vão querer ouvir tudo do lado de fora?

Envergonhada, eu me deixei conduzir por Ariel. Ao passar pelo senhor de terno, ele soltou um risinho cúmplice.

Corei mais ainda.

Do lado de dentro, pude reparar que todos estavam bem-vestidos. Acho que era uma regra de etiqueta, sei lá. O ambiente era pequeno, porém, aconchegante. Uma moça de longo cabelo escuro e olhos grandes nos recebeu no salão e nos conduziu a uma mesa bem ao centro. Pela forma como cumprimentou Ariel, presumi que os dois já se conheciam há algum tempo. Imaginei que aquele lugar devesse ser um dos destinos indicados para shows de tango sugeridos pelo hostel.

— Que lugar ótimo que você conseguiu pra gente! — comentei.

Todo rapaz gosta de ser elogiado quando consegue acertar no programa. Isso eu aprendi depois de anos lendo a vasta literatura de revistas jovens no Brasil.

Satisfeito, Ariel estufou o peito e disse:

— Está tudo incluído... Jantar, vinho e, claro, *el tango*!

Uau! Por aquilo eu não esperava!

— Jura? Caramba! Você deve ter uma influência muito grande aqui! — joguei a deixa no ar, para que ele me explicasse direitinho como tinha conseguido aquele feito.

A moça do cabelo longo se aproximou novamente de nossa mesa, trazendo uma garrafa de vinho. Ela a abriu e serviu uma taça, indicando que Ariel provasse. Ele fez a maior cara de entendido no assunto enquanto saboreava o primeiro gole. Achei graça. Em seguida, solicitou que a moça nos servisse as duas taças e ela assim o fez, pousando a garrafa num balde de gelo ao lado da mesa.

— O hostel sempre envia turistas para cá. E eles sempre me chamaram pra vir visitá-los um dia, mas eu nunca tive interesse antes. Agora eu tenho. — Ele me olhou nos olhos. — Como morador da Argentina, eu cresci vendo show de tango em todas as esquinas. Isso, para mim, não é nenhuma novidade.

Claro que eu entendia o que ele dizia. Era como para nós, brasileiros, que ouvimos samba em qualquer lugar que vamos.

— Ah... Mas isso não significa que você não vai aproveitar o espetáculo hoje, né, *guapo*?

Ariel sorriu, divertindo-se.

— *Por supuesto, guapa*! Quero ver você dançando tango!

Gargalhei alto.

Ariel era leve, apesar das inúmeras responsabilidades que tinha. Ele me fazia sentir bem, sem cobranças, sem exigências.

Mesmo assim, certa sombra começava a pairar sobre a minha cabeça: a ideia de que, em breve, eu teria de voltar para o Brasil.

Um garçom se aproximou de nossa mesa e nos trouxe dois pratos bem servidos com uma generosa porção de purê de batatas e um suculento pedaço de picanha argentina. Lembrei-me da parada do ônibus, quando eu e meus amigos estávamos no meio da viagem para cá, e constatei que aquele era um prato típico daquele país; o qual eu nunca me cansaria de comer.

À primeira garfada, tive certeza de que a carne argentina era a melhor do mundo!

— Hum, que delícia! — Não consegui me conter.

— *Qué rico*!

— Quê? — Eu não entendi o que ele disse.

— "*Qué rico*" se diz para uma comida gostosa — Ariel me corrigiu.

— Ah... *Qué rico*! — repeti, satisfeita em aprender mais da sua língua.

Eu estava adorando!

De repente, as luzes do restaurante diminuíram e apenas dois fachos de luz recaíram sobre o centro do salão. Um casal se aproximou dali e ficou em posição. O rapaz vestia calças e colete preto com uma blusa social branca; no bolso do colete, um lenço vermelho destacava-se, bem como também o chapéu em sua cabeça, igual ao do porteiro do lado de fora. A moça, esguia, bela, trajava um vestido vermelho bem colado ao seu corpo, combinando com o batom, brincos e sandálias. Seu cabelo preto estava preso num coque apertado rente ao pescoço.

O inconfundível tango começou a tocar e o casal começou a se movimentar lentamente, seguindo o ritmo. Era uma dança linda, que não realçava nenhum dos dois participantes: era algo que tinha de ser dançado junto, a dois, e cada um era importante para a beleza do conjunto. Talvez por isso fosse considerado uma das danças mais românticas e sensuais do mundo.

O casal deu seu show durante três músicas, com direito a caras e bocas. Eu estava achando tudo lindo, até que o casal se separou e resolveu que era uma boa ideia chamar o público para tentar dançar também.

— Epa! — Deixei escapulir.

— Vai lá, vai! — encorajou-me Ariel.

Antes que eu pudesse contestar, o jovem dançarino se aproximou de mim e me estendeu sua mão convidativa. Entrei em pânico. Tinha certeza de que daria o maior vexame, e era bem capaz de eu envergonhar não só Ariel, mas também o dançarino. Olhei para o meu acompanhante para ver se entendia minha súplica. Ele, porém, apenas sorriu e se aproximou da dançarina, pronto para dançar com ela.

Tô lascada!

O dançarino colocou a mão em minha cintura e me instruiu os passos que eu deveria seguir. Falar era fácil, afinal, ele era o profissional. Queria ver se ele estivesse no meu lugar!

Sem opção, deixei-me guiar. Até que depois de uns primeiros pisões no pé, eu finalmente consegui ter algum controle do que estava fazendo e até terminei a dança com a perna para cima, como uma verdadeira profissional.

Vi que Ariel também terminou a dele, segurando a dançarina pela cintura até ela quase tocar o chão. *Uau*! Queria ter podido assistir à performance dele.

— Nada mal para *una brasileña* — provocou.

— Nada mal para quem tem *mullets* — devolvi, sem argumentos.

Ele riu da minha frustrada tentativa de ofendê-lo. Voltamos à nossa mesa e aproveitamos o resto da noite entre risadas e muito vinho.

CAPÍTULO 28

A tirei-me à cama, exausta.

Estava um pouco arrependida de ter bebido, afinal, teria de acordar cedo no dia seguinte para ir à aula.

— *Bueno, guapa. Buenas noches*!

Ariel, meu príncipe dançarino de tango, fez menção de apagar a luz e ir embora, porém, eu o impedi.

— Fica!

Não fazia a menor ideia do que eu estava fazendo. Desconfiava de que tinha esquecido o bom senso no restaurante.

Reparei que ele ficou na dúvida entre me obedecer e ir embora. Eu não tinha forças para argumentar, então, ao invés disso, espreguicei-me na cama, o que fez com que meu vestido subisse um pouco demais.

Os olhos dele seguiram a direção do meu vestido e eu o acompanhei. Quando nossos olhos se encontraram, baixei a guarda.

Subi um pouco mais na cama, dando-lhe espaço.

Ri de mim mesma.

Ariel fechou a porta atrás de si, desligou a luz e deslizou para cima da cama, mantendo uma pequena distância entre nós.

Eu sabia o que estava acontecendo. Ele estava se contendo por conta do que eu disse na noite anterior. A questão era que quem estava falando por mim agora era o vinho. E eu estava me deixando levar.

Peguei sua mão e a levei à boca, dando pequenos beijinhos na ponta de seus dedos. Ariel fechou os olhos, entendendo o que eu queria.

— Espera!

Ariel tirou o celular do bolso da calça e começou a digitar algumas coisas. Aquilo me aborreceu um pouco. Jura? Eu estava ali, toda me querendo, e ele simplesmente para tudo para mandar um zap?

Bufei alto e já estava prestes a virar de lado e dormir quando ele largou o aparelho do lado da cama.

— Pronto.

Para minha surpresa, comecei a ouvir uma música tocando.

A melodia era suave, como uma balada. Uma versão acústica, talvez. Começava com dois violões tocando, ou seriam três?

Eu já tinha ouvido aquela música[1] em algum lugar...

Cómo quisiera poder vivir sin aire
Cómo quisiera poder vivir sin agua

Definitivamente eu já ouvi aquela música antes, mas não lembrava onde. Mas, não importava. Ela era perfeita para aquele momento.

Ariel desabotoou o colete e o tirou. Apesar da sua pele branquinha, achei que a sua camisa branca lhe caía bem. Decidi ajudá-lo a retirá-la.

Sem camisa, Ariel era muito mais atraente para mim, apesar dos *mullets*, que, honestamente, mesmo num momento como aquele eu não conseguia não reparar. Ao contrário de Tristan, sua pele era limpa de *piercings* ou tatuagens. Sem nenhuma "surpresa" me esperando por debaixo das roupas.

A lembrança de Tristan fez com que eu instintivamente afastasse minha mão do peito de Ariel, que eu havia começado a explorar.

Me encantaria quererte um poco menos
Cómo quisiera poder vivir sin ti

— Não precisamos fazer nada que você não queira...

Acontece que eu queria.

Queria e não queria.

---

[1] Vivir Sin Aire - Maná

Havia um grande conflito dentro de mim, pois ao mesmo tempo em que eu encorajava Ariel a tirar a roupa, não fazia o menor esforço em eu mesma me despir.

Ele percebeu isso.

Pero no puedo, siento que muero
Me estoy ahogando sin tu amor

De repente, Ariel se afastou de mim.

— Onde você vai?

Tudo bem que eu estivesse indecisa, mas isso não significava que ele podia tomar a decisão por mim e me deixar ali, frustrada na cama.

— Lugar algum. — Ele sorriu, com uma decisão brilhando em seus olhos gulosos.

Com um ímpeto, Ariel agarrou ambos os meus tornozelos e os puxou para sua direção, o que fez com que eu imediatamente caísse de costas no colchão, soltando o ar de dentro dos pulmões. Em seguida, ele colocou minhas pernas em cima de seus ombros e passou as mãos ao longo das minhas coxas.

Eu comecei a gargalhar de nervoso.

— Está rindo, é? Vamos ver por quanto tempo você vai rir sem pedir por mais...

Seu tom era gentil, embora imperativo. Suspeitei de que ele já tinha feito aquele número algumas vezes.

Suas mãos habilidosas buscaram minha calcinha por debaixo do meu vestido e fizeram com que ela facilmente deslizasse por minhas pernas, tirando-a vagarosamente pelos meus pés.

Ai, ai, ai...

Será que ele ia mesmo fazer o que eu achava que ele ia fazer?

— *A ver* como é o seu gosto, *brasileña*.

Ele ia.

Cómo quisiera calmar mi aflicción

Ariel baixou o rosto entre minhas pernas e assim que senti sua língua em mim, agarrei com força o travesseiro a meu lado, sem saber se gritava de prazer em português ou em castelhano.

Não faço a menor ideia de como consegui ir à aula no dia seguinte. Minha cabeça parecia que tinha um rinoceronte sentado em cima, projetando todo seu peso para baixo. Tudo que eu queria era voltar para a cama e ficar lá o dia inteiro. Ao invés disso, estava na aula, e Gui tinha acabado de me lembrar de que naquela tarde, depois do almoço, apresentaríamos nosso vídeo para a turma.

Eu havia me esquecido completamente disso!

Assim, quando tivemos o intervalo, pedi licença aos meus amigos e fui à farmácia comprar um analgésico pra minha dor de cabeça. No caminho de volta, aproveitei para comprar um café expresso duplo, ou, do contrário, não me manteria acordada para o resto do dia.

Uma mistura de sensações bagunçava minha cabeça e meu coração, e eu tentava me concentrar no que eu deveria fazer; não só na aula, como também na minha vida ali na Argentina.

De volta à UBA, já estava tudo preparado para os alunos se apresentarem. Deixei que os outros começassem, para ver como eles tinham se preparado. Na minha opinião, todos estavam bem razoáveis. O nosso ia ser bem melhor!

Na nossa vez, Rapha clicou no link no laptop do professor. Quando espiei o conteúdo, não pude acreditar! Yuri não só tinha feito uma edição excelente, como também inserira imagens da noite da festa, que incluía nós três dançando e nos divertindo à beça!

Amei o vídeo e nossa apresentação foi um sucesso!

Definitivamente eu guardaria aquele vídeo comigo, como um registro ótimo dos bons momentos que estávamos vivendo nesse intercâmbio.

CAPÍTULO 29

— O que houve? Tô te achando meio esquisita hoje — comentou minha amiga, ao sairmos do prédio da UBA.

Apesar de não estarmos passando tanto tempo juntas, nós ainda éramos melhores amigas, e conseguíamos enxergar quando a outra precisava desabafar.

— É que... aconteceu uma coisa.

Ela apenas balançou a cabeça, concordando.

— Quer ir lá pra casa? A gente não planejou fazer nada hoje à noite, podemos ver um filme, sei lá. Esses programas de garotinha. — Ela me cutucou nas costelas, esperando minha resposta.

— É tudo que eu mais quero!

Sentia mesmo falta desses momentos despreocupados com a Gui. Fazia tanto tempo desde a última vez! Acho que foi antes de eu ir para Flórida. Depois daquela viagem, nós duas tínhamos começado a faculdade, Gui se tornou uma garota superpopular na turma dela e cada uma de nós seguiu seu rumo.

Aquela parecia uma boa oportunidade, inclusive para resgatar minha amizade com ela, que andava meio esquisita também naquela viagem.

— Ótimo! Podemos passar no bar ali do lado e comprar umas *empanadas* pra comer. Já provou isso? É di-vi-no!

— Vou adorar! Mas, será que Yuri não se importa?

Rapha se aproximou, pegando o fim da conversa.

— Se ele se importar, você faz uma enorme faxina no apê amanhã de manhã, em retribuição. Estamos mesmo precisando disso!

Gui correu atrás do irmão, dando tapas provocativos nele, e eu fui atrás, rindo dos dois. Como antigamente.

Gui tinha razão. As empanadas eram realmente maravilhosas! Quase me arrependi de tê-las provado, pois, agora que sabia que essa maravilha existia, não conseguiria mais viver sem. O que eu faria quando tivesse que voltar para o Brasil? Será que dava para importar algumas pela internet?

Fiz um acordo mental com minha balança fictícia que, assim que eu voltasse para casa, começaria a malhar numa academia. A forma descontrolada com que eu estava comendo nessas férias certamente já mostrava resultados, e eu teria de fazer alguma coisa a respeito assim que voltasse à minha rotina.

Depois de comermos, nós nos sentamos os três na sala do apê: Gui com as pernas cruzadas de lado no sofá, eu, deitada no sofá, com a cabeça no colo da minha amiga, e Rapha, largado no chão, alegando que o frio do azulejo era agradável no calor daquela noite de verão.

Não podia culpá-lo. Era realmente muito quente em Buenos Aires durante o verão, mesmo à noite. Taí uma coisa que eu não tinha imaginado!

— O que vocês estão achando do curso? — Puxei assunto.

— Eu acho o Sr. Pancho um cara maneiríssimo! Só não tô muito a fim dessas aulas dele não.

— Por quê? — Aquela resposta me surpreendeu.

— Ah, sei lá. Meio que cansa, né? Esse negócio de castelhano é muito difícil! Lembra aquela aula do "R"?

Eu ri alto. Claro que eu lembrava!

— Você ficou horas tentando pronunciar todos os erres e terminou a aula sem conseguir! — zombou Gui.

— Pô, cara! Mas também, são mil erres e tudo se escreve diferente! Tem "h" com som de erre, "j" com som de erre, erre com som de erre vibrante... Aff, um saco!

Joguei uma almofada nele, o que provocou uma breve guerra de almofadas voando pela sala.

— Mas diz aí, Sofia. Quê que tá pegando? — Quis saber Rapha, guardando as almofadas.

A alegria fugiu do meu rosto. Embora quisesse desabafar com minha amiga, não queria fazê-lo na frente do irmão dela.

Sem contar que o clima estava tão bom naquela noite, por que estragar contando meus dramas?

— Sai fora, Rapha. A Sof não vai dizer nada com você aqui. — Minha amiga entendeu.

— Ah, qual é? Depois desse tempo todo que a gente tá convivendo junto, vai ficar de frescurinha de menina?

— Não é frescurinha de menina, Rapha. Isso se chama "pri-va-ci-da-de". Obviamente, você não sabe o que é isso.

Ele olhou para mim, esperando meu veredicto.

Eu de fato não me sentia confortável em dividir minhas inseguranças de garota com ele presente, até porque não sabia se ele tinha conhecimento de que meu namorado foi encontrado morto no ano passado. Porém, senti certa obrigação de passar por cima disso, afinal, como ele mesmo disse, já estávamos convivendo há tanto tempo! Era hora de construir alguma cumplicidade com ele.

Suspirei fundo, ajeitando-me no sofá.

— Ontem Ariel e eu... A gente...

Rapha foi mais rápido para entender.

— Nossa! Só agora? Achei que vocês estivessem fazendo isso desde sempre! Quer dizer, por qual outra razão ele te deixaria dormir lá de graça?

Meu rosto deve ter ficado da cor de uma pimenta malagueta, tamanha a vergonha que eu senti. Porque, no final das contas, ele tinha razão.

Gui olhou do irmão para mim com a boca aberta, sem conseguir escolher as palavras.

— Não é bem assim! — Apressei-me em explicar. — A gente não chegou bem aos finalmentes. Quer dizer, não da maneira tradicional... Foi... mais... Hum... Oral.

A última palavra saiu quase num sussurro, como uma confissão involuntária.

Finalmente minha amiga reagiu. Ela se levantou bruscamente, fazendo com que eu tivesse que sair do seu caminho às pressas e começou a andar de um lado para o outro na sala.

De repente, ela parou e disse:

— Sério, Sofia! Qual é o seu problema?

Confiando que ela realmente quisesse saber qual era o meu problema, expliquei:

— O que me incomoda é que eu ainda estou muito ligada a Tristan. Ariel é muito legal e tudo o mais, um verdadeiro cavalheiro. Mas não consigo me entregar completamente, porque sinto como se estivesse traindo Tristan, muito embora ele esteja... morto.

Pronunciar aquela verdade em voz alta doía demais em meu peito. Mesmo um ano depois, a ferida ainda estava aberta dentro de mim.

Furiosa, Gui se aproximou de mim rapidamente e me olhou nos olhos.

— Não, Sofia. Tô perguntando qual é o seu problema mesmo.

Sem entender, apenas fiquei calada, olhando pra ela, que continuou:

— Você não consegue ficar sem homem não?

— Eu... O quê? — Não podia acreditar no que ouvia.

— Toda vez que você viaja tem de ficar se enrabichando com o primeiro que aparece, sempre procurando marido. Você não consegue ficar sozinha não?

Estarrecida, olhei da minha amiga para o irmão dela, procurando alguma explicação.

Aparentemente, Rapha estava tão perplexo quanto eu.

Sem dizer mais, Gui simplesmente saiu da sala cuspindo fogo, e bateu a porta do quarto atrás de si, de onde não saiu mais.

E eu fiquei ali, olhando para aquela porta fechada.

CAPÍTULO 30

Ainda tentando entender tudo que havia acontecido, apoiei-me no braço do sofá, num gesto inconsciente de tocar a realidade. Solidário, Rapha veio e se sentou ao meu lado.

— O que deu nela? Por que está me tratando assim? — desabafei, sem conseguir segurar um par de lágrimas escorrendo pelo meu rosto.

Eu simplesmente não conseguia entender. O que eu tinha feito de errado?

Ele passou o braço esquerdo ao redor dos meus ombros e me puxou para si. Sentindo-me mais sozinha do que nunca, deixei-me embalar por ele, que, durante aquela viagem, estava se tornando um bom amigo, mostrando seu verdadeiro caráter.

Lá no fundo do meu consciente, recriminei-me pela forma como o tratei nos últimos anos, principalmente na escola.

— Ela está chateada, Sofia. Por favor, esquece o que ela disse.

Mas não era tão fácil assim. Eu não podia simplesmente esquecer o que acabei de ouvir da garota que eu até então considerava minha melhor amiga, a pessoa mais importante do mundo para mim depois dos meus pais.

— Mas, chateada por quê? O que eu fiz?

Rapha suspirou.

— Não foi você. Bom, não inteiramente. Outro dia contei pra ela que a gente se beijou no Ano Novo.

Livrei-me dos seus braços num ímpeto.

— Você o quê? Por que você disse isso?

Rapha se jogou confortavelmente no sofá, dando sinais de cansaço.

— Ah, cara. Não foi assim, como se eu quisesse te prejudicar. Relaxa!

— Desculpe, Rapha. Não foi isso que eu quis dizer.

— Eu só falei pra ela porque... Bom, porque ela perguntou uma coisa e eu tive de dizer isso.

Segurei a cabeça com ambas as mãos, os cotovelos apoiados em meus joelhos. Aquilo parecia um pesadelo.

— Que coisa? — indaguei, depois de um longo silêncio.

— O quê?

— Que coisa ela te perguntou para que você tivesse de falar sobre nosso beijo?

Ele virou o rosto, impaciente.

— Não posso dizer.

Agora quem estava impaciente era eu.

— Como assim, não pode dizer? Por quê? O quê que tá acontecendo aqui?

Meu tom de voz foi se elevando.

O irmão da minha amiga, que pela primeira vez aos meus olhos pareceu mais velho do que a gente, apenas passou a mão no rosto e disse:

— Simplesmente não posso dizer. Olha, Sofia, já tá ficando tarde e acho que todos nós ficamos um pouco estressados agora. Por que você não dorme no meu quarto e eu fico aqui no sofá?

Um milhão de coisas ricocheteava na minha cabeça, mas nenhuma delas eu iria resolver naquele momento. Tive vontade de pendurar Rapha de ponta-cabeça no teto e sacudi-lo com força até que ele me contasse toda a verdade. Mas não adiantaria, porque meu problema e minha conversa não eram com ele.

Engoli minha revolta e me dirigi ao quarto, sem argumentar que ele é quem deveria dormir no conforto, já que era quem estava pagando por aquilo.

Minha cabeça agora parecia ter dois hipopótamos sentados, um em cima do outro, tamanho era o peso que eu sentia.

Joguei-me na cama do Rapha desejando que os hipopótamos me afundassem até o chão.

Já era manhã alta quando acordei no dia seguinte. "Acordei" é maneira de dizer, já que rolei na cama a noite inteira, sem conseguir pregar o olho direito. Tive um sono agitado, acordando de hora em hora e custando a voltar a dormir. Até cheguei a reparar quando Yuri entrou no quarto, já quase de manhã, voltando sabe-se lá de onde.

Com os dois hipopótamos ainda sentados sobre a minha cabeça — e desconfiando seriamente de que um elefante tivesse se juntado a eles —, saí do quarto e fui até a sala. Rapha ainda estava dormindo, estatelado no sofá. Nem sinal da minha amiga. A porta do quarto dela ainda estava fechada.

Fui até a cozinha e bebi um copo d'água. Fiquei olhando ao redor, ponderando o que fazer, mas um mal-estar forte começou a tomar conta de mim. Eu simplesmente não queria estar mais ali. Se Gui acordasse, era bem capaz de eu literalmente a encostar contra a parede e foçá-la a me contar tim-tim por tim-tim o que estava acontecendo. Se Rapha acordasse, eu provavelmente faria a mesma coisa, obrigando-o a me contar essa história de segredo. E, bom, se Yuri ou Maitena acordassem, eu provavelmente me sentiria deslocada, perguntando-me onde enfiar a cabeça para me esconder.

Voltei para a sala e, silenciosamente, peguei a mochila que deixara lá na noite anterior. Em seguida, levei-a para a bancada da cozinha e de dentro retirei meu caderno.

Escrevi:

Amigos,
Tive que ir embora porque...

Aqui parei por um bom tempo, pensando no que dizer e deixei assim mesmo.

Nos vemos amanhã no jogo, certo?
O ônibus sai do hostel às 14 horas, sejam pontuais, por favor! Yuri e Maitena estão convidados também. Os ingressos de todos já estão reservados, é só pagar amanhã.

Beijos,
Sofia

Tive de dizer que Yuri e Maitena eram bem-vindos, embora desejasse que eles não fossem. Se bem que, do jeito que o clima ficou ontem à noite, duvidava de que meus próprios amigos aparecessem, e talvez a presença dos outros dois ajudasse a amenizar a situação.

Eu precisava sair dali.

Deixei o bilhete na bancada da cozinha, certa de que ali seria o lugar que todos se dirigiriam logo de manhã. Em seguida, juntei minhas coisas, coloquei a mochila nas costas e saí do apê.

Do lado de fora, veio a dúvida... O que fazer? Aonde vou?

Como eu não tinha uma resposta, andei umas duas quadras, até o cheiro de uma padaria me atrair. Sentei-me em uma das mesinhas do lado de fora e olhei o cardápio, buscando uma novidade. Ao encontrar algo que não havia provado antes, fiz um sinal e prontamente um atendente anotou meu pedido e o trouxe até mim, poucos minutos depois.

Olhei para minha refeição: suco de laranja fresco e dois sanduíches de miga. E ainda bem que pedi dois, porque eles eram tão fininhos! Os sanduíches eram feitos de pão de forma bem amassadinho, com um recheio de alguma coisa incrível que eu não conseguia identificar. Quer dizer, o meu tinha queijo e presunto, mas havia um creme também feito de alguma coisa boa.

Ao terminar, senti-me infeliz. E sozinha.

Não queria voltar para o apê, não queria voltar para o hostel, não queria nem voltar para minha casa no Brasil. Queria que nada estivesse acontecendo. Aquela viagem era para ser uma alavanca para minha futura carreira e para minha amizade com a Gui. Até aquele momento, tinha muitas dúvidas de que qualquer uma dessas coisas estivesse acontecendo.

Olhei para o lado e observei que na mesa à minha direita havia um jornal, sem ninguém por perto. Peguei-o para ler as notícias locais. Depois de folhear por todas as seções, parei na parte cultural e uma determinada exposição me chamou a atenção; principalmente por ser gratuita.

Fechei o jornal, coloquei um dinheiro na mesa para pagar a conta e fui em direção do metrô. Já que as últimas horas para mim tinham sido de altos e baixos, o melhor que eu tinha a fazer era passar o dia sozinha, distraindo-me com alguma coisa mais leve e tentando colocar a cabeça no lugar.

O local da exposição era arejado e bem iluminado. O salão, com as paredes todas brancas, destacavam bem os grandes quadros de vidro, dentro dos quais se exibia três tirinhas em cada um. O trabalho do cartunista argentino Liniers era tudo que eu precisava naquela tarde para dar boas risadas e tirar o peso dos meus ombros. Com uma mistura de humor, crítica social, beleza e fantasia, o cartunista criou diversos personagens — inclusive uma cópia de si mesmo, representado como um coelho de orelhas grandes — para retratar as crônicas da cultura argentina.

Simplesmente amei!

Quando dei por mim, já era fim de tarde. Eu precisava ir embora e encarar o que estivesse me esperando.

CAPÍTULO 31

Para minha sorte, quando cheguei a recepção estava bombando. Também, pudera: era sábado, início de noite, os hóspedes estavam cozinhando e se preparando para curtir a noite. Eu não tinha pique nenhum para sair, mas, quando cheguei ali com minhas sacolas de compras do supermercado, acabei me envolvendo com os turistas e fui cozinhar com eles.

Melhor assim. Campo neutro.

Era difícil conversar com eles, porque eram israelenses e não falavam nem inglês, nem castelhano e muito menos português. Eles sugeriram que unÍssemos nossas refeições, só para ser divertido, mas confesso que cozinhar com eles exigiu muita mímica de ambas as partes. No final das contas, saí no lucro, afinal, apelaria para o bom e velho macarrão instantâneo, mas acabei ajudando a picar legumes e observei como eles faziam o prato deles.

Como de costume, ofereci um prato para Ariel, afinal, ele estava ali. Ele aceitou de bom grado, claro, embora estivesse bastante ocupado.

Depois de conversar um pouco mais com os turistas e agradecer pela refeição — até me ensinaram a falar "obrigada" na língua deles, mas, claro, esqueci como é —, despedi-me de todos, inclusive do *guapo* da recepção, tomei um banho e deitei na cama para terminar a leitura do meu livro. Para apagar as tensões da realidade, nada como uma boa ficção para nos distrair a mente.

A manhã de domingo amanheceu meio nublada, refletindo o meu próprio estado de ânimo. Mesmo assim, não me deixei abalar e tratei de vestir não só meu short jeans e uma camiseta azul-marinho — conforme fui orientada por Ariel no dia em que ele me chamou para o jogo —, como também coloquei meu melhor sorriso no rosto. Hoje eu ia lidar com todas as situações sorrindo.

Desci para recepção e encontrei a galera bem animada já. Não sei como não acordei com tanto barulho!

Aquilo me contagiou, e imediatamente joguei todos os meus problemas e angústias de lado. Chega de drama!

Tomei café com pessoas que não conhecia e que falavam uma língua que eu tampouco sabia qual era. Os israelenses da noite anterior também estavam lá e, de alguma forma, consegui entender que eles também iriam para o jogo.

De vez em quando espiava Ariel e o encontrava desviando os olhos para minha direção também. Isso era um bom sinal. Apesar das minhas inquietudes e dos meus sumiços, ele ainda estava interessado em mim.

Eu deveria dar mais atenção a ele. Ele é tão legal!

A campainha do hostel tocou e meus amigos entraram pela porta, acompanhados de Maitena e Yuri. Então o grupo todo veio, no final das contas.

Fiquei alegre em vê-los, apesar de tudo. Seria um dia divertido, tinha certeza disso!

Pouco depois, Ariel avisou a todos na recepção que o ônibus que nos conduziria ao estádio tinha chegado, e que o tour incluía um breve passeio pelos arredores. Como eu não sabia do que se tratava, achei legal aquele bônus.

Nós nos encaminhamos todos para o lado de fora e subimos no ônibus, que parecia saído de um filme dos anos 70, com as bordas meio arredondadas, grandes janelões nas laterais e nenhum ar-condicionado. Fiquei na expectativa do John Travolta aparecer a qualquer momento.

Meus amigos estavam animados também. Parecia que tínhamos feito um acordo silencioso para não mencionarmos a noite de sexta-feira. Melhor assim, ou estragaria o passeio. Eles se sentaram juntos no banco de couro e eu me sentei logo à frente deles, no primeiro banco, com Ariel ao meu lado, já que ele seria o guia da galera.

O trajeto não demorou muito e logo Ariel avisou ao grupo que havíamos chegado ao bairro de La Boca. Eu já havia ouvido falar daquele lugar. Tão logo o ônibus estacionou, eu entendi: aquele bairro era mundialmente conhecido pelas inúmeras casinhas coloridas que enfeitavam o ambiente turístico.

Tínhamos uma hora para passear por ali antes de irmos para o estádio. Ariel pegou minha mão e me conduziu pelas lojinhas de turistas e grandes painéis pintados por artistas locais. Meus amigos vieram conosco e nos divertimos tirando fotos com os artistas de rua que dançavam tango e até mesmo com um Michael Jackson de mentirinha.

Paramos num bar mais adiante chamado La Perla, com as paredes vermelhas todas revestidas com inúmeros retratos antigos emoldurados. Estar ali era como viajar no tempo, ir a uma época anterior ao meu nascimento. Sentamo-nos a uma das mesas e Ariel pediu duas cervejas Quillmes, dizendo que nós tínhamos de provar a melhor cerveja da Argentina, principalmente no dia em que iríamos conhecer La Bombonera.

Quando o garçom trouxe as cervejas, soltei uma exclamação. A garrafa era de um litro!

Eu nunca tinha visto aquilo na minha vida e achei muita graça, mas, como os meninos riram e comemoraram também, percebi que eu não era a única. Eu, que não sou muito fã da bebida, tive de dar o braço a torcer: a Quillmes realmente era uma boa cerveja — amarga, encorpada, como uma boa *cerva* deve ser.

De volta ao ônibus, trafegamos por poucos minutos até que o motorista parou novamente para que desembarcássemos. Quando descemos, vi aquela multidão de gente vestida de azul e dourado e comecei a ficar eufórica. Fosse qual fosse o resultado do jogo, eu estava determinada a me divertir, acima de tudo.

Do lado de dentro, foi quase impossível conseguirmos ficar todos juntos. Tivemos de dividir o grupo em duas fileiras e, mesmo assim, com muita dificuldade. Olhando ao redor, finalmente entendi por que aquele estádio era chamado de "La Bombonera"; uma caixa de bombons. Com mais de setenta anos de idade, o local estava bem conservado, muito embora não houvesse quase nenhuma preocupação com relação à segurança. Não havia nada além de uma simples tela e uma vala dividindo o público do campo. Qualquer briga que estourasse e as pessoas tivessem de sair correndo para se salvar, muitas cairiam ali e seriam esmagadas.

Joguei esse pensamento no lixo. Nada aconteceria naquela tarde.

Os times entraram em campo e a torcida foi à loucura! Não sou muito chegada a futebol, mas era impossível ficar indiferente a tudo aquilo. Milhares de torcedores juntos gritando e pulando como crianças, balançando bandeirões e faixas nas cores do time, que desciam desde o topo do estádio até o final das arquibancadas.

Era lindo de se ver!

Gui, ao meu lado, quase não havia falado comigo o dia inteiro, agarrada ao braço da Maitena o tempo todo. Com essa garota eu não devo ter trocado mais que três frases desde que cheguei a esse país, então, não fazia a menor ideia da razão daquele grude das duas. Mesmo assim, toda hora que Ariel e eu trocávamos algum carinho, coincidentemente Gui acabava esbarrando na gente.

Na hora do intervalo, com o resultado ainda 0 a 0, muitas pessoas aproveitaram para ir ao banheiro ou comprar algo. Com um pouco mais de espaço, pedi que Ariel tirasse uma foto minha com o campo de fundo. Inclinei-me numa divisória que tinha ali e fiz pose. Depois, pedi que um torcedor tirasse uma foto minha com meu príncipe galante, abraçados, e, enquanto posava, vi minha amiga revirar os olhos e fazer cara de nojinho. Na tentativa de não fazer com que os climas azedassem, pedi que Ariel tirasse uma foto minha com meus amigos com o mesmo fundo, para que todos tivéssemos uma recordação daquele dia.

Yuri e Maitena, que tinham ido comprar bebidas, voltaram carregados de copos, entregando um para cada um. Agradeci-os e coloquei o dinheiro correspondente no bolso de Yuri, já que ele insistia que não queria receber. Não achei certo.

Eu saboreava minha bebida quando Ariel colocou o braço esquerdo ao redor da minha cintura e me puxou para perto, sussurrando alguma coisa ao meu ouvido. Digo alguma coisa porque não tive tempo nem sequer de entender o que ele queria, pois, no mesmo momento, Gui esbarrou propositalmente em mim, fazendo com que toda a minha bebida virasse em cima das minhas pernas.

— Gui! — gritei, levantando de um salto.

Minha amiga olhou para mim com ar de inocente.

— Oh, desculpe! Molhou você?

Olhei para ela, para ver se ela estava de brincadeira comigo.

— Se molhou? — falei, controlando a raiva, já que não sobrou nem um golinho no meu copo. — Claro que molhou, Gui! Caramba!

Ela olhou para minhas pernas, na direção em que a mancha da bebida era evidente, mas, antes que pudesse dizer alguma coisa, foi interrompida pelo irmão:

— Ih, Sof! Agora você está toda molhadinha!

De repente, virei o foco de atenção de todo mundo num raio de cinco metros de diâmetro. E todo mundo começou a rir e a apontar para mim.

Senti minhas bochechas queimarem de vergonha. Eu olhava para minha amiga suplicando que ela me ajudasse, para que ela pedisse desculpas, qualquer coisa.

Ao invés disso, ela apenas me olhou e, num tom que apenas eu ouvisse, com desdém e falou:

— Não era isso que você queria? Ficar molhadinha com esse daí?

Ela inclinou a cabeça na direção de Ariel, que estava atrás de mim.

— Pronto! Agora você está do jeitinho que queria! — arrematou.

Ela me deu as costas e se juntou ao coro da multidão, que começou a gritar eufórica por causa dos times que voltavam a entrar em campo.

Não consegui reclamar. Não conseguia pensar em nada, tamanha a humilhação que eu sentia. Meus olhos começaram a encher d'água de tanta raiva, mas antes que eu pudesse causar uma cena ainda melhor para o público, Ariel, sempre um cavalheiro, sempre galante, sem que eu pedisse qualquer coisa, em um movimento tirou a própria camisa e a entregou para mim.

— Use-a amarrada na cintura, para se cobrir. Ninguém vai reparar.

Fiz como ele mandou e agradeci baixinho. Dali em diante, toda a minha alegria tinha ido para o espaço. Nem vi quando o time adversário fez o único gol da partida e quase provocou uma briga entre as torcidas.

CAPÍTULO 32

Naquela noite, permiti que Ariel dormisse comigo novamente. Tinha sido um fim de semana terrível, cheio de altos e baixos, e, naquele momento, tudo que eu precisava era me sentir amada, nem que fosse só uma ilusão.

Durante toda a semana que se seguiu nós dormimos juntos no quartinho. Foi bom porque eu não só me sentia um pouco acolhida, mas também desde que o comportamento esquisito da Gui começou a acontecer eu passei a ter sonhos agitados, inquietos, dos quais eu não conseguia me lembrar no dia seguinte.

Ariel me contava tudo quando acordávamos. Dizia eu que chutava bastante durante a noite, falava palavras inteligíveis e houve até uma vez que ele chegou mesmo a me acordar, alegando que eu parecia estar sofrendo. Naquela noite ele me embalou nos seus braços e contou lendas antigas argentinas para que eu pegasse no sono novamente.

Eu estava sofrendo, e não sabia o que fazer.

Precisava conversar, entender as coisas, mas, com quem?

Ariel, coitado, não tinha nada a ver com essa história. Ele se esforçava para que eu tivesse momentos agradáveis o tempo todo e esquecesse tudo que me aborrecia. Sempre educado, em nenhum momento me perguntou o que estava acontecendo, entendendo que era algo só eu mesma podia resolver. Também não tocou no assunto da noite que tivemos depois do show de tango, ao que intimamente eu agradeci. Eu mesma ainda não tinha conseguido processar o que aconteceu, e não poderia falar a respeito sem soar evasiva.

Ele era realmente desses rapazes que não se via mais por aí, com seu nome incomum e seu corte de cabelo de gosto duvidoso.

E cada vez mais eu me sentia culpada por não estar sendo 100% sincera com ele.

Também não podia conversar com Gui. Durante toda a minha vida ela havia sido minha melhor amiga: dormimos juntas na casa uma da outra durante anos, dividindo nossas primeiras experiências e nossos segredos. Mas agora parecia que ela havia se esquecido de todos os anos que passamos juntas e optou por não ser mais minha melhor amiga.

Na verdade, parecia que tinha optado por não ser mais sequer minha amiga.

Cheguei a pensar em conversar com Rapha, mas, ao que parecia, toda a explicação do que estava acontecendo residia num segredo do qual ele tinha conhecimento, mas que não queria me contar. Sendo assim, de nada me ajudaria desabafar com ele, já que não explicaria a razão.

Solitária, peguei o telefone e disquei o número de casa, louca para ouvir a voz reconfortante de minha mãe. Porém, tão logo ela atendeu, cheia de alegria, eu me arrependi: de imediato ela sentiu que havia alguma coisa errada, e eu decidi que não queria preocupá-la com meus estranhamentos com a Gui. Lógico que eu estava louca para desabafar, mas, se eu falasse o que acontecia para a minha mãe, ela imediatamente me daria uma bronca, falaria para eu sair do hostel e até mesmo mandaria que eu voltasse para casa, largando o curso tão pertinho do fim.

Não. Eu terminaria o curso e terminaria aquele intercâmbio, independentemente das escolhas que eu tivesse feito no meio do caminho.

Aprender a conviver com as dificuldades nas relações interpessoais era um passo importante na vida de qualquer jovem, e comigo não seria diferente.

Conversei menos de cinco minutos com mamãe, pois ela tanto insistiu em saber por que eu estava tão tristinha que tive de inventar que era porque o castelhano era mais difícil do que eu imaginava. Não era mentira, eu realmente achava isso. Mas nunca que eu ia me deixar abalar por uma coisa dessas.

Foi nesse mal-estar que encarei as aulas na UBA naquela semana. Eu chegava cedo e escolhia sentar num lugar diferente a cada dia, para não ter de ficar junto dos meus amigos. Não tinha nada contra Rapha, mas não queria ficar perto da Gui se eu correria o risco de ela derrubar qualquer coisa de propósito em mim, ou quem sabe me prejudicar com o professor ou algo do tipo. Não. Se havia uma coisa que eu fixei na minha cabeça era a que eu seria aprovada naquele intercâmbio.

Na quinta-feira, para minha surpresa, o Sr. Pancho anunciou que seria o dia da nossa avaliação de compreensão da língua. Eu estava completamente despreparada e com nenhuma cabeça para fazer uma avaliação, por isso não pude evitar um frio na barriga, certa de que eu não me daria bem.

A prova seria uma avaliação ao vivo. Sr. Pancho nos levaria ao ensaio de uma peça de teatro naquela tarde e, após assistirmos a tudo, cada um reservadamente conversaria com ele por alguns minutos e explicaria do que se tratava a peça e responder a outras perguntas.

Não parecia tão mal assim. Talvez eu conseguisse dar conta daquilo.

Ir com a turma toda caminhando até o teatro foi bem divertido. Fez com que eu sentisse saudade da época de escola. Por mais que fizesse apenas um ano que eu havia me formado, parecia que um mundo de coisas havia acontecido de lá para cá.

Tanta gente nova que eu tinha conhecido! E eu mesma tinha mudado tanto!

No caminho, o Sr. Pancho foi explicando a história de tudo: dos famosos cafés, a época em que os prédios tinham sido construídos, os famosos escritores e músicos que costumavam frequentar a área. Caminhamos até a Av. Corrientes, conhecida como "a Broadway da Argentina" por conta das inúmeras casas de espetáculos e lojas de grife que situadas ali.

Realmente era de se espantar, não só pela largura da avenida, como também pela quantidade de luzes, mesmo durante o dia. Centenas de pessoas, turistas e moradores locais, trabalhadores, mulheres e homens, todos circulando ao mesmo tempo, para cima e para baixo.

Enquanto o Sr. Pancho nos direcionava para o lado de dentro do teatro, tive a chance de conversar rapidamente com Rapha.

Quis falar qualquer coisa com ele, apenas para deixar claro que meu problema era com a irmã dele. Ela, ao contrário, parecia nem notar minha presença, e isso me magoava muito.

A peça era interessantíssima, estrelada por ninguém menos que Ricardo Darín, um dos atores argentinos mais famosos do mundo. Na minha opinião, um dos melhores do mundo, independentemente da nacionalidade. O enredo, de Ingmar Bergman, chamava-se "Cenas da vida conjugal" e, pelo que nos foi explicado, estava com os ingressos esgotados até o fim da temporada.

Também, pudera, né?

Tudo ali me encantou, porém, a chance de ver o ensaio de uma peça de teatro foi realmente uma experiência fascinante. Quando compramos os ingressos, não imaginamos o trabalhão que dá repetir as mesmas falas o tempo todo até que se acerte o tempo exato em que tudo deve acontecer.

Caramba! E tem gente que diz que ser ator é uma profissão fácil!

No fim, Ricardo e seus colegas de elenco vieram conversar alguns minutinhos conosco e pudemos tirar uma foto em grupo. Que sonho!

Quando chegou minha vez de conversar com o Sr. Pancho eu já me sentia mais tranquila, e acho que fui bem razoável em explicar minha compreensão da história, mesmo embolando minha língua na hora de pronunciar corretamente o castelhano.

Ao menos meu foco de ir bem no curso estava fluindo, ao contrário de todo o resto.

CAPÍTULO 33

No dia seguinte, o Sr. Pancho nos avisou que até aquele momento todos havíamos sido aprovados nas avaliações, e isso tirou um grande peso das minhas costas.

Mesmo assim, o professor avisou que nossa última avaliação ocorreria na semana seguinte: teríamos de entregar uma redação de pelo menos mil palavras, escritas com nosso próprio punho, sobre como tinha sido nossas férias de verão do ano passado. Sim, isso mesmo: nada de computador, tudo escrito à mão! E, sim, eram no mínimo mil palavras, e a prova tinha peso dois, ou seja, se fôssemos mal, de nada teria adiantado termos ido bem nas outras avaliações.

O tema seria bem simples, não fosse um único detalhe: minhas últimas férias de verão tinham sido um desastre!

Eu não tinha coragem de falar a verdade. Não me sentia preparada para aquilo, por isso decidi que inventaria qualquer coisa. Tínhamos uma semana para fazer o dever, então, até lá eu ia pensar em alguma coisa. Depois disso, ainda teríamos uma semana de aula à espera do resultado final, que seria entregue na sexta-feira, último dia do curso.

Mal podia acreditar! Faltavam apenas duas semanas para que nosso intercâmbio acabasse!

Uma mistura de alívio e de tristeza me invadiu quando me dei conta disso. Por um lado, estava louca para voltar para casa, para minha rotina, e começar a criar uma carreira para mim, na minha cidade. Quem sabe, de volta à rotina, as coisas com Gui melhorassem? Por outro lado, estar de viagem era sempre bom, e eu não queria que as coisas com Ariel acabassem já.

Soltei um longo suspiro. Não queria pensar naquilo.

Quando a aula acabou, voltei direto para o hostel, onde ajudei Ariel na recepção. Quando todos já haviam saído, aproveitamos para assistir a um filme na sala de TV, agarradinhos, como dois apaixonados.

No sábado, Ariel me avisou que à noite haveria uma grande festa num *boliche* ali perto. Eu nunca conseguiria me acostumar à forma esquisita com que eles chamavam a uma boite!

Fiquei animada, afinal, até aquele momento eu não tinha ido a nenhuma discoteca argentina, seria legal poder conhecer como os jovens se divertiam por lá. Por desencargo de consciência, mandei uma mensagem individual para Rapha e outra para Gui, convidando-os a ir também, já que Ariel tinha entradas grátis. Para a minha surpresa, ambos responderam e concordaram em ir, dizendo que estariam no hostel na hora marcada.

Diante daquela resposta, não sabia se ficava animada ou tensa com o que poderia acontecer naquela noite.

Quando o sábado à noite chegou, eu me sentia bem animada.

Quer dizer, por dentro eu estava um caco, porém, estava determinada a dançar muito e aproveitar a companhia do Ariel. Se Gui ficasse de cara feira para mim eu a ignoraria. Estava cansada de ficar correndo atrás!

Vesti uma sainha preta justa que eu comprei na Flórida no ano anterior e fiz conjunto com uma blusa transparente cor vinho. Por baixo, coloquei um top preto e calcei sandálias da mesma cor. Eu provavelmente sentiria calor, mas aquela era uma das poucas roupas "de noite" que eu tinha trazido.

Fiquei fazendo companhia ao Ariel na recepção até a hora em que meus amigos chegaram. Novamente, não seríamos os únicos: outros hóspedes iriam nos acompanhar, inclusive os israelenses do outro dia, pois aquela era a última noite deles. Eu até agora não tinha conseguido aprender o nome deles!

Gui trajava um vestido um pouco curto demais, e me perguntei se era dela mesmo. Rapha, como todo garoto, não se preocupava com a aparência e apenas colocou sua costumeira calça jeans — juro, acho que ele só tinha aquela! —, uma camiseta branca e tênis. Para minha surpresa, Yuri e Maitena também tinham conseguido vir e até fiquei feliz em vê-los.

Aquele rapaz vinha sendo tão legal comigo e com meus amigos!

O "esquenta" começou no hostel mesmo, com os hóspedes misturando vodka, *Fernet*, refrigerante e o que mais fosse! Como era uma noite para esquecer os problemas, juntei-me a eles e bebi tudo que me ofereciam.

Quando chegamos *al boliche*, eu já estava bem "altinha".

— *Bienvenidos al Museum*!

Ariel era o mais empolgado de todos, e olha que eu nem o tinha visto beber mais do que dois drinks!

— Nossa! É imenso aqui — falou uma das hóspedes que nos acompanhava.

E era mesmo. Do lado de fora eu não dava nada pelo local, que ficava a apenas duas quadras do hostel. Porém, uma vez dentro, dava para ver que a fachada estreita do casarão escondia um espaço que deveria ocupar toda a área do quarteirão para dentro, indo até o outro lado.

Como se não bastasse, todo o andar de baixo era uma única pista de dança. Havia ainda um segundo andar, com andaimes pendentes do teto que serviam como camarotes particulares dos VIPs. Claro que nós não nos incluíamos nessa categoria, mas era legal olhar para cima e ver o pessoal circulando sobre nossas cabeças.

— Olha isso! —Rapha apontou para a área VIP.

— É, eu tô vendo! — respondi. — Seria muito legal ir lá, né?

— Com sorte alguém lá em cima deixa cair a carteira — brincou Yuri, e nós rimos.

O local estava abarrotado de gente. Parecia que Buenos Aires toda estava ali. Havia argentinos e turistas, todos interagindo no mesmo ambiente, e eu achei isso muito legal. Detestava a ideia de sermos os únicos estrangeiros por lá.

Infelizmente, porém, era permitido fumar cigarros ali dentro, e eu tinha certeza de que logo, logo aquele cheiro me incomodaria.

Os meninos imediatamente se dirigiram ao bar e eu fiquei sozinha com Maitena e Gui.

Tentei puxar assunto.

— Então, estão curtindo?

— Sim, sim — respondeu Maitena, numa das poucas vezes que falou comigo desde que a conhecera.

— Quero provar todos os drinks hoje! — falou a minha amiga.

Estranhei.

— Ah, tem uns bem legais. Tente provar uns drinks locais, nem são tão caros assim.

— Não, obrigada! — ela me cortou. — Prefiro ficar com os drinks que eu conheço. Não gosto de me misturar com *o gosto local* — falou essa última parte carregando nas palavras, e entendi que não estávamos mais falando de bebidas.

Puxa! Eu só tava tentando ser legal!

— Como tem gente bonita aqui, né? — Tentei mudar de assunto.

— Também acho! — concordou Maitena, carregando no sotaque e me abraçando pelos ombros.

Acho que ela também já estava "altinha".

— É claro que você já reparou nisso, né, Sofia?

Cara... Eu não estava dando uma dentro com minha amiga. Qual era o problema dela comigo? Ia ficar azeda assim até o resto da viagem?

Eu estava prestes a esclarecer tudo, mas fui salva pelos meninos, que voltaram carregados de copos e garrafas. Ariel entregou para mim um copo que parecia água, e não pude esconder meu desapontamento.

— Água, Ariel?

Ele riu de mim.

— *Noooo*! Este é um drink chamado Gancia. Prova!

Provei.

Era suave. Mas era forte ao mesmo tempo.

Exatamente o meu tipo de drink. Curti.

Em grupo fomos mais para dentro *del boliche*. Tocava um tipo de música que eu nunca ouvi antes, mas que todo mundo ali parecia conhecer. Era uma coisa arrastada, ou pelo menos me dava a sensação de arrastar o pé, mas não era como os arrasta-pés brasileiros. Era difícil de explicar, então, resolvi perguntar.

— Que música é essa, Ariel?

Ele riu, satisfeito do meu interesse.

— Se *llama* cúmbia. É uma música típica dos países *hispano-hablantes*.

— Nossa, muito legal!

Ele puxou minha mão livre.

— Vem, vamos dançar!

Não objetei e deixei que me ensinasse os passos daquela dança diferente. Ficamos grudados ali um bom tempo, até que meu drink acabou e senti que alguém — devia ter sido Rapha — generosamente substituiu meu copo vazio por outro cheio.

Pelo menos alguém estava sendo legal comigo.

Ao final do segundo copo, eu estava me sentindo meio zonza. Dei um beijinho em Ariel e pedi licença. Deixei todos para trás na pista de dança e saí andando, em busca de um lugar onde pudesse respirar.

Precisava de ar puro!

CAPÍTULO 34

Perambulei durante um bom tempo buscando uma saída. Tive ainda de me desvencilhar de uns quantos bêbados que tentaram se engraçar para cima de mim no trajeto.

Por que os homens tinham que agir assim?

Finalmente um dos *bartenders* indicou uma escada que levaria ao terraço do prédio. Agradeci-o e segui a direção indicada.

Lá em cima, finalmente consegui respirar. Sentir o ar puro preencher meus pulmões foi inteiramente revigorante, mas também serviu para me dar o alerta de que eu estava mais tonta do que achava e que tinha chegado ao meu limite de drinks. Era melhor ficar só na água dali em diante.

Fui até a beirada e apoiei minhas mãos no parapeito. Havia me esquecido como Buenos Aires era bonita vista de cima assim, de noite, iluminada apenas pela lua.

Não sei quanto tempo fiquei ali, porém, de repente ouvi um barulho de porta se abrindo atrás de mim.

— Sofia?

Virei-me e vi Rapha, que me viu no mesmo momento e veio em minha direção.

— O que você está fazendo aqui? — perguntou, aproximando-se de mim.

— Precisava respirar um pouco. Esse cheiro de cigarro tá me matando!

— É ruim mesmo de respirar. Eu também detesto cigarro.

— Em lugar fechado assim é muito ruim!

Ele concordou com a cabeça.

— Você está bem? — perguntou, depois de um tempo em silêncio.

— Tô meio tonta só.

— Vem cá... — Ele me puxou e eu me encaixei em seus braços.

Era bom sentir um abraço sincero quando tudo ao seu redor parecia não estar funcionando.

— Você acha que nosso intercâmbio deu certo? — perguntei depois de um tempo, incerta se queria ouvir mesmo a resposta.

Rapha segurou meu rosto com ambas as mãos. Eu ainda enlaçava sua cintura, temerosa de me manter sozinha de pé.

— Você tem dúvida disso?

Olhei em seus olhos. Não sei em que momento o Rapha, aquele garoto chato que sempre era inconveniente comigo e com a Gui na escola, tinha crescido e virado um rapaz que entendia tanto de garotas. Ou será que ele sempre foi assim e eu que nunca tinha prestado atenção?

— Tenho... — sussurrei.

— Pois não tenha, Sofia. Essa viagem era tudo que nós precisávamos para nos prepararmos para o mundo das responsabilidades. Nós vamos sempre nos lembrar de todos os momentos que passamos juntos aqui, mesmo que um dia nossas vidas tomem outro rumo!

Eu podia sentir o calor do seu hálito bater em minhas bochechas. Eu estava muito frágil e emotiva, e, ouvir aquilo, fez com que uma lágrima rebelde se desprendesse e escorresse pelo meu rosto.

— Você promete? — pedi.

— Eu prometo.

Queria que a vida fosse simples como Rapha dizia. Queria que o tempo parasse e eu ficasse ali para sempre, nos braços dele, onde eu só precisava acreditar em suas promessas e a vida seria linda. Como se não houvesse passado, como se não houvesse futuro.

Sem perceber, fechei os olhos.

Senti que ele encurtou a pouca distância entre nós dois.

Esperava com angústia o beijo dele, na esperança de que nele pudesse afogar todas as minhas angústias.

Ao invés disso, ouvi a porta se abrir num ímpeto e uma voz feminina gritar:

— *Mas o que está acontecendo aqui?!*

Por instinto, Rapha e eu nos afastamos imediatamente.

Gui ainda segurava a porta e veio pisando duro em nossa direção.

— Não posso deixar vocês dois sozinhos por alguns minutos que já encontram uma maneira de escapar e ficar aos amassos, é?

O quê?

— E o que você vai dizer pro seu namoradinho, hein, Sofia? Que enquanto ele fica lá embaixo, pagando sua conta, você sobe no telhado pra ficar de agarração com teu amiguinho brasileiro?

— Gui, para! O que...?

— Ah, esqueci! Vocês nem amigos eram, né? Essa "amizade"... — Ela fez questão de fazer as aspas com as mãos. — Surgiu aqui. Foi o quê? Carência?

— Mana, você tá passando dos limites!

— Ah, cala a boca! Você sempre foi apaixonadinho por ela! Você só está aproveitando sua chance, já que descobriu que, no final das contas, ela não tem critérios para escolher as pessoas com quem quer ficar.

Aquilo era demais para mim.

Parti para cima da Gui decidida a acabar com ela. Felizmente Rapha conseguiu me segurar a tempo, pois a minha raiva era tão grande, que eu era capaz de cometer uma besteira, da qual eu provavelmente me arrependeria depois.

— O que foi? Não gostou de ouvir a verdade, foi?

— Gui, para! — Rapha berrou, e isso silenciou a irmã.

Ouvir o grito do irmão fez com que finalmente ela parasse com as acusações.

Eu ainda espumava de raiva.

— Você tá maluca, garota? Quem você pensa que é para falar comigo desse jeito?

— Tua melhor amiga! E é por isso que eu jogo a verdade na sua cara, doa em quem doer!

— Ah, mas não é não! Não é mesmo! Uma amiga não trata a outra do jeito que você vem me tratando desde que chegamos aqui!

— Parem! As duas! Já!

Estávamos os três aos berros.

Recuperando o fôlego, desvencilhei-me dos braços do Rapha e me afastei uns passos. Aquilo era um pesadelo, definitivamente. E, definitivamente, eu não estava bem o suficiente para lidar com nada disso nesse momento.

— Olha, vou deixar as duas sozinhas, mas vocês vão se comportar, ok? Está claro que vocês têm alguns pontos a esclarecer e eu tô sobrando aqui.

Ele se afastou, mas eu queria que ele ficasse.

Eu não começaria a falar. Ela que começasse primeiro.

Depois de um tempão com as duas caladas, acho que ela se tocou que eu não cederia.

— Sofia, eu...

— Não vou falar com você até que me peça desculpas.

Falei mesmo. Na lata. Ou ela pensava que me ofenderia assim, gratuitamente, e depois eu ficaria de boa, como se nada tivesse acontecido?

— Não vou pedir desculpas! — ela contestou, como se a ofendida fosse ela.

— Então, pode esquecer essa conversa.

Ameacei ir embora, mas ela me impediu:

— Não, espera!

Parei de andar, mas não me virei. Estava difícil encará-la.

— Tá bom, Sofia. Me desculpa, vai.

Não, eu não desculpava. Mas não falei nada, deixei que ela continuasse.

— Mas, você também tem de ficar se agarrando com tudo que é carinha?

Virei-me para ela, o sangue esquentando em minhas veias.

— Eu não fico me agarrando com todos os caras! — berrei, furiosa.

— Ah, não? E Rapha? E Ariel? E Tristan? E aqueles outros dois na Florida?

— Pense duas vezes antes de falar do Tristan. Você não o conheceu — falei entredentes, usando todo meu autocontrole.

Surtiu efeito. Gui percebeu que o limite era aquele.

— Tá certo. Mas por que você tem de ir casando toda vez que viaja? O que aconteceu com os planos de ficarmos juntos nesse intercâmbio?

— Eu é que te pergunto! Eu te convido para um monte de coisas, mas, e você? Me chamou para alguma coisa desde que chegamos?

— Chamei, sim! Chamei para você morar conosco no apê do Yuri, mas você foi? Nããããão! Preferiu ficar lá no albergue, onde você podia dar pro *recepcionistazinho* todos os dias!

Não me aguentei mais. Eu simplesmente dei um berro tão alto e tão profundo, arrancando todas as frustrações do peito, machucando a minha garganta.

Era melhor eu me machucar do que machucar a ela, porque vontade não me faltava.

O berro ressoou mais alto que a música lá embaixo.

Gui levou a mão ao antebraço e respirou fundo, mostrando uma tatuagem de um avião que eu não havia reparado antes.

— Fiz essa tatuagem no dia seguinte que você foi para os Estados Unidos — apontou. — Por que você não consegue enxergar as pessoas que te amam?

Eu estava confusa demais. O que a tatuagem tinha a ver com tudo que estávamos falando?

— Mas é claro que enxergo! Do que você está falando?

Eu não podia acreditar em tudo que estava acontecendo ali.

— Não, não consegue não. Eu te amo, e você não enxerga isso!

Perdi a paciência novamente.

— Claro que enxergo, Gui! Quem você acha que eu queria comigo na viagem que eu fiz ano passado? Você! Com quem eu queria vir esse ano? Você! Mas você trouxe seu irmão junto. Quem tem sido minha melhor amiga esses anos todos? Você!

— Mas, Sofia...

Agora que eu tinha começado, despejaria tudo.

— Mas o tempo todo você fica me julgando, me criticando, e eu não sei nem o que eu te fiz para você agir assim! Desde que eu viajei no ano passado você está estranha comigo!

— Não, escuta...

— Não, escuta você! O que é? Você tem ciúmes de mim com os garotos, é isso? Acha que eu vou te trocar se eu começar a namorar? Pô, Gui! Eu sou jovem, solteira, viajando, não é para eu aproveitar? Você é minha amiga! Mesmo que Tristan estivesse vivo e nós nos casássemos, eu ia te chamar pra ser madrinha!

— Sofia, para!

Ela colocou ambas as mãos tapando os ouvidos, como quem não quer ouvir.

Mas agora ela ia ouvir. Até o final.

— Não tem nada de mal em ficar com garotos. Eu nem fico com tantos assim! Para te falar a verdade, desde o Tristan eu não consigo mais sequer pensar em garotos!

Ela levantou o rosto para mim, os olhos brilhando.

— Mas você, ao contrário, parece que criou alergia, sei lá! Desde aquele menino no 8º ano, você nunca mais se interessou por ninguém. E daí fica me julgando o tempo todo!

— Sofia, eu...

— Para de me julgar, cara! Eu amo o Tristan! Eu ainda o amo! Tristan...

Não consegui terminar de falar.

Antes disso, Gui me beijou.

CAPÍTULO 35

Durante alguns segundos de pura incredulidade, milhares de coisas passaram pela minha cabeça ao mesmo tempo:

1) *Minha cabeça tá com um zunido irritante.*
2) *Eu acabei de dizer que ainda amo Tristan, mesmo um ano depois.*
3) *Ariel, aquele gentil rapaz, está lá embaixo, sozinho, e não tem a menor ideia do que está se passando aqui.*
4) *Minha melhor amiga está me beijando.*
5) *Ela beija bem.*

E então, eu coloquei as duas mãos nos ombros dela e a afastei de mim.

— Sofia, eu...

— Agora não. Preciso ir embora.

Sem dar chances para que ela começasse a se explicar, eu fui embora, deixando minha melhor amiga sozinha no topo do prédio. Lá embaixo, no caminho da saída, encontrei com Ariel, que ainda estava dançando. Expliquei-lhe que não estava me sentindo bem e precisava deitar. Ele ameaçou querer me levar, mas pedi que, por favor, ele ficasse e continuasse a se divertir. Não tinha razão de eu acabar com a noite dele.

Na verdade, não queria a companhia dele, nem de ninguém naquela noite.

Do lado de fora, enchi-me de coragem e caminhei de volta ao hostel, afinal, não era tão longe assim. Um pouco de caminhada e de ar puro me fariam bem. Quando cheguei ao albergue, subi direto para o quartinho, arranquei a roupa de mim de qualquer jeito e me joguei na cama. Mas aí lembrei que precisava vestir algo, caso Ariel voltasse, então, remexi na minha mala e puxei dali uma camiseta dos Rolling Stones; Gui e eu a compramos anos antes, na porta do show que eles haviam feito e que nós quase fomos, mas tínhamos apenas quatorze anos e nossos pais não haviam deixado irmos sozinhas.

Agarrando o travesseiro, comecei a chorar.

Chorei até adormecer.

Abrir os olhos pareceu extremamente difícil. Parecia que todos os elefantes, hipopótamos e rinocerontes estavam sentados em cima de mim. Mas não era por causa de uma leve dor de cabeça por conta dos drinks bebidos na noite anterior. Não. O peso era relacionado a todos os acontecimentos da minha vida no último ano: viajar sozinha. Flórida. Tristan. Faculdade. Argentina. Rapha. Ariel. Gui.

Gui.

Estiquei o braço e alcancei o travesseiro ao meu lado. Puxei-o para o meu rosto e sufoquei ali um berro angustiado, que há dias estava instalado na minha garganta pedindo por liberdade.

Como tudo isso tinha acontecido? Minha melhor amiga tinha me beijado! Me bei-ja-do!

Fiquei revirando na minha memória os nossos momentos. Éramos amigas há uns treze anos, desde pequenininha mesmo. Estudamos juntas durante a escola inteira, viajamos juntas, dormíamos uma na casa da outra, trocávamos confidências, tudo! Foi para ela que eu contei sobre meu primeiro beijo e minha primeira vez, antes mesmo de contar para minha mãe!

Claro que eu a amava, ela era uma das pessoas mais importantes da minha vida!

Mas isso não significava que eu a desejava de outra forma.

Não sei quanto tempo fiquei nisso, então, ouvi alguém bater à porta do quarto.

Cobri-me com o lençol e a abri. Ariel estava parado ali, com um olhar de cachorro abandonado, segurando uma bandeja e uma xícara.

— *Hola*. Está tudo bem? — perguntou, cauteloso.

Agora era a culpa que resolveu se apoiar nas minhas costas e me fazer me sentir mais inclinada para o chão.

— Ah. *Hola*, Ariel. Tudo bem, sim.

Acho que não consegui disfarçar muito bem meu estado de ânimo, porque foi isso que eu ouvi:

— *Perdóname*. Você ficou desapontada em me ver?

Soltei um suspiro longo.

— Não, não. Não é nada disso. Por favor, entra. — Cheguei para o lado, abrindo espaço. Ariel passou por mim e depositou a bandeja na ponta da cama, mas não ousou se sentar. — Por favor, sente-se!

Fechei a porta e fui até onde ele estava. Podia sentir o cheio do cigarro no meu cabelo e a maquiagem escorrida pelo meu rosto. Eu devia estar uma visão e tanto!

Ele me olhava de cima a baixo e falava com cautela, como se eu fosse uma criatura muito frágil.

— Como você não apareceu até agora, fiquei preocupado. Achei que pudesse estar passando mal e trouxe esse chá preto para você. Minha avó sempre me disse que uma boa xícara de chá quente nos ajuda a encontrar as respostas de que precisamos.

Os cantos dos meus lábios se curvaram para cima. Como ele conseguia ser tão legal comigo, o tempo todo, principalmente quando eu não merecia?

— *Gracias, guapo!* — Tentei melhorar o clima. — Eu tô bem. Bom, mais ou menos. Mas não tem nada a ver com você não. — Sentei-me na cama. — *Gracias* pelo chá.

Ele colocou a xícara em minhas mãos e se levantou, levando a bandeja consigo.

— *Todo bien*. Vejo que você ainda não se recuperou de ontem. Vou estar lá embaixo, se você quiser combinar de jantar.

Aquilo chamou minha atenção.

— Jantar? Que horas são?

— Quatro da tarde.

Ariel fechou a porta atrás e me deixou sozinha no quarto.

Eu me sentia a pior pessoa do mundo.

Apenas hoje fui egoísta e não me importei se alguém mais queria usar o chuveiro. Depois de um banho bem demorado e de finalmente trocar de roupas — optei por um short e uma camiseta de algodão bem folgados, desses que a gente só usa para ficar em casa mesmo —, peguei a xícara vazia e desci para fazer companhia a Ariel. No fundo, eu queria ficar mesmo sozinha, mas a culpa de estar hospedada ali de graça e não dar quase nenhuma atenção ao menino me venceu. Na verdade, queria não ter aceitado o convite dele. Queria ter dinheiro suficiente para não ficar me preocupando em poupar.

Mesmo assim, a companhia dele era agradável e me fazia bem. E me sentir bem tinha de ser minha prioridade dali em diante, afinal, já era fim de janeiro, eu ainda tinha mais uma prova para entregar e tinha duas semanas de aula.

Depois disso, minha vida voltaria ao normal.

Ou assim eu esperava.

CAPÍTULO 36

Mas os dias que se seguiram foram mais esquisitos ainda.

Na segunda-feira, Rapha apareceu sozinho na turma da UBA. Até aí, achei normal. Gui podia estar precisando ficar um pouco afastada, colocar as ideias no lugar. Eu mesma me sentia assim! Porém, na terça-feira Rapha veio desacompanhado novamente para aula e eu lhe perguntei sobre sua irmã. A resposta que tive foi mais ou menos a que eu esperava, porém, ficar faltando aula para sempre não seria a solução.

Quarta-feira foi o terceiro dia seguido que ele apareceu sozinho à aula e para mim aquilo foi a gota d'água. Pedi o endereço do apê por escrito e indicações sobre como chegar lá, afinal, eu nunca tinha ido até lá sozinha. Quando deu o intervalo do almoço, pedi licença ao Sr. Pancho, alegando ter um problema pessoal urgente para resolver, e saí da aula para não voltar mais naquele dia.

Segui as instruções do Rapha direitinho e não tive dificuldades em chegar ao prédio já conhecido. No caminho, passei no mercado para comprar algumas coisas que achei que seriam necessárias para aquela tarde.

Subi ao apartamento e tive de insistir muito até que a minha amiga abrisse a porta. Vê-la naquele estado fez com que meu coração afundasse até o estômago.

— Sofia!

Ela fez menção de fechar a porta, porém, eu fui mais rápida e coloquei o pé, impedindo-a.

— Qual foi agora, Gui? Vai ficar me evitando pra sempre?

Aquela não era a melhor abordagem, mas, poxa, também não conseguia evitar me sentir magoada ao ter minha melhor amiga fechando a porta na minha cara.

Surtiu efeito.

— Er, não. Entra...

Entrei como se fosse dona do apartamento.

— O quê que tá pegando, Gui? Vai abandonar o curso agora, é?

— Não, eu...

— Então por que não tá indo a semana toda, hein?

Larguei as compras no sofá e agitei os braços, fazendo drama.

Gui abaixou a cabeça.

— Eu não queria te encontrar.

Ouvir aquilo doeu demais. Ela era minha amiga, poxa vida!

— Gui, vem cá... — Apontei para que ela se sentasse no sofá comigo. Quando ela veio, virei as bolsas de compras de cabeça para baixo e fiz com que tudo caísse no sofá: barras de chocolate, um pote de sorvete, M&Ms com amendoim, um pacote de *medialunas* com queijo. — Achei que íamos precisar disso.

Aquilo fez com que minha amiga sorrisse e isso suavizou a pressão no meu peito.

Claro que aquilo funcionaria. Eu a conhecia muito bem. Quantas vezes não realizamos esse mesmo ritual, de gastar nossa mesada toda em bobagens que nossas mães não aprovavam que comêssemos? E quantas vezes fizemos isso porque o final do filme fez com que a gente chorasse ou por que o menino da sala ao lado não queria nada comigo?

Quando uma amizade é verdadeira, ela se reflete nos pequenos gestos de carinho.

Gui se levantou de imediato, mas, antes que eu pudesse protestar, ela estava de volta, trazendo duas colheres. Em seguida ela abriu o pote de sorvete e começou a degustar.

Era sabor napolitano, seu favorito. Ela sempre me disse que o napolitano era o sabor dos indecisos, que nunca conseguiam escolher qual dos três sabores queriam de verdade, mas, ao mesmo tempo, não conseguiam assumir que, no fundo, só queriam comer o chocolate.

— Lembra quando compramos essa blusa juntas? — iniciei, apontando para a blusa de algodão com estampa de caveira que eu estava usando.

— Lembro. Você encheu o saco porque não tinha seu número — ela falou, enfiando mais uma colherada de sorvete para dentro.

— E lembra como resolvemos isso?

Ela mastigou, sem responder, então, eu continuei:

— Você foi lá falar com o atendente, depois falou com o gerente, pediu que ligassem para a outra filial da loja no outro shopping e chorou para que enviassem a blusa para aquela loja, porque iríamos comprá-la assim que saíssemos do cinema. Lembra?

Ela fez que sim com a cabeça, abrindo o pacote de M&M e colocando metade no topo do pote de sorvete. Peguei o resto do pacote e fui comendo um por um.

— Você sempre fez isso por mim, Gui! Sempre cuidou de mim, se certificou de que eu conseguisse o que eu queria, me dava colo quando eu estava de coração partido. Lembra quando você me escondeu um fim de semana inteiro debaixo da sua cama, quando éramos pequenas, porque eu estava com medo do meu pai descobrir que eu tinha quebrado a chave do carro na fechadura da porta?

Isso fez com que ela risse alto.

— Até hoje não sei como você conseguiu essa façanha. Você não tinha força nenhuma!

Eu a acompanhei no riso e aproveitei para roubar uma colherada de sorvete de morango.

— Devo ter recebido o espírito do Rei Arthur — brinquei.

Gui pegou o pacote de *medialunas* e o abriu, retirando uma dali de dentro e mordendo. Eu a imitei.

— Eu não quero que isso mude, Gui. Nunca! E sinto falta de todos esses momentos que vivemos juntas.

Sabia que falar aquilo faria com que o clima mudasse entre nós, mas era preciso.

Ela precisava me ouvir.

— Eu também não... — falou baixinho.

— E não vai mudar, se você não quiser.

Gui baixou o pote de sorvete e começou a brincar com a ponta do cabelo, distraída. Ao meu ver, devia fazer uns dois dias que ela não o lavava. Detestava ver minha amiga na fossa.

— O que aconteceu na *boite*...

— Foi culpa minha — ela me cortou.

— Não importa, Gui. Para mim, não importa. De verdade. O que eu não quero é você achando ruim comigo o tempo todo, mandando indiretinhas, derrubando as coisas em mim. Isso dói demais, Gui, e eu não sei por que você está agindo assim.

Ela me olhou nos olhos, de repente tomada de coragem.

— Sofia, eu gosto de você, não entende isso?

Ela repetiu o que disse na noite de sábado. Aquilo era como um sopro na ferida, que aliviava e fazia doer ao mesmo tempo.

— Eu também gosto de você, amiga.

— Não, Sofia. Eu gosto *mesmo* de você. Há anos.

Agora era minha vez de ouvir.

— Desde que me dei conta disso, comecei a sofrer demais. Porque sabia que era uma coisa minha, que você nunca ia gostar de mim da mesma maneira, mas, ao mesmo tempo, sua amizade era e é importante demais para mim. Não consigo ver minha vida sem você comigo.

— Eu também não — apressei-me em dizer, sendo totalmente sincera.

— Mas você está seguindo sua vida, namorando garotos, e eu não tenho como impedir isso de acontecer. Ao mesmo tempo, não posso evitar de me sentir magoada, afinal, estou vendo de camarote a pessoa que eu amo se envolver com outras pessoas e, ainda por cima, vir até mim para dividir detalhes e pedir conselhos.

Então era isso! Era isso?

— Você quer que eu me afaste, então? Quer que eu não divida mais essas coisas contigo?

Seria difícil para mim, mas, se era o melhor para minha amiga, eu respeitaria seu pedido.

Depois de um tempo que me pareceu uma eternidade, por fim ela falou:

— Não...

Aquilo tirou um peso enorme do meu peito.

— Então, Gui, será que podemos voltar a ser amigas novamente? Eu sei que você está magoada, tem muita coisa que precisamos conversar a respeito, mas eu sinto muito sua falta, desde que voltei da Flórida. E quero sua amizade pra sempre. Meu amor e minha amizade você sempre terá, se quiser.

Ela olhou para mim, os olhos cheios d'água.

— Eu quero, Sofia. Porque também não consigo imaginar minha vida sem você nela.

O pote de sorvete já meio derretido virou no sofá e fez uma lambança incrível com o resto de M&M e as outras coisas que eu havia comprado. Mas nada disso importava.

Minha melhor amiga e eu éramos uma unidade novamente.

Com cobertura de lágrimas, chocolate, morango e baunilha.

CAPÍTULO 37

Ter tido essa conversa com a Gui foi um dos momentos mais difíceis da minha vida, mas também um dos mais libertadores. De todas as possibilidades para ela andar agindo estranho comigo, eu jamais teria imaginado que era porque ela gostava *realmente* de mim.

Mas agora estava tudo bem e, na quinta-feira, quando cheguei à UBA, ela já estava lá me esperando, com o resto de biscoito que eu tinha levado no dia anterior. Surpreendeu-me que tivesse sobrado algum.

Depois da aula, voltei para o hostel, fiz uma social com Ariel e os hóspedes que estavam ali e, depois de comermos, eu pedi licença porque precisava preparar minha prova para o dia seguinte.

Embora estivesse agindo normal, eu tinha adiado aquele momento até o fim, porque não estava disposta a revirar aquela história.

Desde que *el maestro* havia comunicado à turma que tínhamos de escrever mil palavras sobre nossas férias do verão passado, meu coração gelou. Naquela noite, tentei começar três histórias diferentes, mas nenhuma delas eu conseguia levar adiante, pelo simples fato de que não tinham sido verdade.

Meu último verão foi o melhor e o pior da minha vida, e era assim que eu sempre me lembraria dele.

Virei a madrugada inteira, rolando de um lado para o outro, pensando em mil desculpas.

Quando os primeiros raios da manhã começaram a despontar e o barulho do café da manhã começando a ser preparado ressoou escada acima, tomei coragem e comecei a escrever:

"No meu aniversário de dezoito anos, tudo que eu queria ganhar era um intercâmbio. Para os Estados Unidos, de preferência..."

Depois da aula, o clima de nostalgia começou a reinar entre os alunos. Faltava apenas uma semana, então, naquela sexta-feira, a maioria decidiu se reunir num restaurante ali do lado, com *el maestro*, e foi bom ter esse momento em turma, principalmente porque as coisas entre meus amigos e eu já estavam normalizadas.

Dali a dez dias voltaríamos para o Brasil e isso me trouxe algum conforto ao coração.

Porém, também veio a noção de que eu só tinha mais dez dias com Ariel.

Ele era um rapaz tão legal, mas tão legal... Eu simplesmente não o merecia. Não deveria ter ficado esse tempo todo com ele. Sim, eu já tinha ciência disso. Porém, agora era a reta final, e, em nome de tudo que ele fez por mim aqui, eu decidi que procuraria fazer mais programas juntos e permitiria que ele dormisse comigo todas as noites.

Apenas dormisse.

Então, depois de confraternizar com todo mundo e trocarmos histórias de nossas experiências na Argentina, quando começou a ficar um pouco tarde, despedi-me de todos e voltei para o albergue.

E foi mais ou menos assim que passei aquela última semana em terras portenhas: no último final de semana, Ariel ficou bastante ocupado com o entra e sai de hóspedes. Para o seu alívio, o gerente voltaria no fim de semana seguinte e o homem já falava sobre novas contratações. Isso seria bom, desafogaria a sobrecarga de trabalho que ele tinha. Infelizmente, porém, no fim de semana seguinte eu já não estaria mais aqui.

Nosso voo estava marcado para a manhã de domingo, cedo.

Então, ao contrário do que eu queria, no meu último fim de semana na Argentina eu apenas fiquei no albergue, lavando roupa, começando a organizar minha mala e fazendo os últimos deveres de casa. Apenas no sábado à tarde combinei de me encontrar com Gui e nós percorremos a Calle Florida a pé, fazendo compras.

Minha mãe havia encomendado um casaco de couro e um par de botas... Para usar no inacreditável frio que faz no inverno do Rio de Janeiro! Presumo, ironicamente falando. E eu mesma queria comprar umas roupinhas para mim, já que ali era muito mais barato que no Brasil. Claro que não comprei tudo que queria, afinal, fim de viagem já não sobra quase nenhum dinheiro, mas não podia voltar sem a encomenda da minha mãe ou ela me expulsaria de casa!

Aproveitando o passeio, comprei duas garrafas de vinho para meu pai. Como eu não sabia escolher, fui pelo nome mesmo, e peguei aqueles com os rótulos mais legais.

Na segunda-feira, porém, quando voltei da aula, tive uma surpresa.

Ao ver Ariel na recepção, eu logo reparei que havia algo diferente.

— Você...?

Mas não cheguei a terminar a frase. Ariel, entusiasmado por me ver, aproximou-se de mim correndo, parecendo uma criança querendo mostrar o brinquedo que ganhou de Natal.

— *Hola*, Sof. Você reparou, *eh*?

— *Si*... Você...

— Eu cortei o *mullets*!

O sorriso dele era tão grande, que eu não consegui me conter. Entretanto, eu tinha de perguntar:

— Mas, por quê?

Tive a impressão de que ele ensaiou a resposta a tarde inteira.

— Você sempre brincou que meu corte de cabelo era incomum demais, então, já que você está indo embora, resolvi cortar o *mullets*, para você levar uma boa recordação de mim.

Ele havia cortado o cabelo. Por mim.

Sem saber o que dizer, apenas elogiei, dizendo que ele ficava muito melhor com o novo corte. E era verdade. Ariel não era um rapaz feio, pelo contrário! Mas aquele rabicó de cabelo pendurado no pescoço era demais!

Ainda assim, não deixei de me sentir um pouco constrangida, e um pouco pressionada até, em saber que ele fez aquilo por mim. Teria ele achado que aquilo seria lido como um gesto de amor?

Esperava sinceramente que não.

Joguei essa ideia de lado e puxei-o para um beijo, convidando-o a se juntar a mim mais tarde no quartinho. Algumas horas depois ele veio, e dormimos agarradinhos, sem pensar em despedidas ou em últimos momentos.

Ao menos eu não estava pensando em nada.

A segunda surpresa veio no último dia de aula, na sexta-feira. Primeiro, havíamos combinado em fazer uma pequena festa surpresa para *el maestro*, de modo que cada aluno ficou de levar alguma comida para aula, preferencialmente alguma coisa que fosse de seu próprio país ou cidade, dependendo de onde você fosse.

Os Albuquerques e eu não tivemos dificuldades em encontrar produtos brasileiros ali mesmo, na Calle Florida.

Definitivamente a Argentina é um país em que você jamais sentirá saudades dos produtos típicos brasileiros, não só por causa da proximidade, mas principalmente por causa da incrível oferta literalmente em todas as esquinas do centro comercial. Com isso, fiz um prato de brigadeiros bem generosos, com granulado e tudo. Rapha levou várias garrafas de guaraná para o pessoal provar e Gui conseguiu encontrar farinha de rosca e fez farofa para o pessoal.

Nossos quitutes foram um verdadeiro sucesso, mas difícil mesmo foi explicar em castelhano o que era a farofa.

O Sr. Pancho adorou a surpresa e ficou bastante emocionado. Eu também fiquei. De verdade sentiria falta dele. Se o bom aluno tiver uma oportunidade, deve fazer com que seu professor saiba que ele é valorizado, nem que seja com pequenos gestos de agradecimento e com palavras sinceras.

A dinâmica da última aula foi interessante: Sr. Pancho ia chamando um por um e conversava individualmente sobre a nota da redação e a avaliação geral do rendimento do aluno. Em seguida, o aluno era liberado e deveria buscar o diploma, se fosse o caso, na secretaria.

Gelei. Se antes eu não estava pronta para falar a respeito das minhas últimas férias, pior ainda seria ter de abordar o assunto na frente de todo mundo.

Eu suava frio enquanto via a sala ir se esvaziando aos poucos. Pude ouvir quando, abrindo uma exceção, *el maestro* chamou Gui e Rapha juntos, por serem irmãos, e lhes deu um puxão de orelhas por causa das aulas que faltaram; principalmente em Gui. Mesmo assim, eles não foram reprovados e saíram felizes para pegar seus diplomas.

Restou apenas eu na sala.

— Sofia? — Ele fez um leve gesto com a mão, indicando que eu me aproximasse.

Obedeci, arrastando os pés, tentando adiar aquele momento.

— *Sí*?

— Eu li a sua redação... — Ele fez uma pausa dramática, que fez minhas pernas bambearem. — Sei que você está cursando Jornalismo no Brasil, então, vou perguntar apenas uma vez: essa história é real?

Se é real?

Pensei em Tristan. Pensei no dia em que nos conhecemos, no restaurante, e em como ele nem me deu bola, só para depois ir me procurar em casa com um pedido de desculpas, no Natal. Pensei na forma como nos amamos intensamente durante todos os dias daquele verão, nos planos que fizemos, nas juras que trocamos. Lembrei dos mal-entendidos, da forma como dirigi como uma louca atrás dele até Miami e como dizemos "eu te amo" pela primeira vez no meio do show do *System of a Down*.

E então, lembrei como ele desapareceu, bem na época do *Valentine's Day*, o dia dos namorados nos Estados Unidos, e em como o corpo dele foi encontrado num lago, quase uma semana depois, e como até hoje não se tinha uma explicação do que aconteceu.

Lembrei como eu passei o dia dos namorados enterrando meu namorado. E como, naquele dia, meu amor tinha morrido com Tristan.

Se era verdade?

Percebi que todas essas lembranças libertaram uma bola de angústia que vinha crescendo dentro de mim nos últimos meses, e as lágrimas rolaram livres pelo meu rosto.

— Sim, é... — sussurrei por fim.

Sr. Pancho me puxou para seus braços e me aninhou ali, como um avô faria com a neta. Chorei. Chorei muito. E quando achei que já bastava de alugar o colo do professor, afastei-me.

— Eu imaginei que sim. E sinto muito por ter trazido essas recordações à tona novamente. Por isso, fiz questão de lhe entregar seu diploma pessoalmente.

Ele me estendeu o envelope, que recebi de bom grado. Limpei o rosto com as costas das mãos e, quando abri o envelope, vi que eu tinha sido aprovada no curso, com louvor.

Eu tinha conseguido. Tinha concluído meu intercâmbio com êxito.

— *Muchas gracias, maestro!*

CAPÍTULO 38

Aquele último dia de aula tinha sido completamente diferente do que eu esperei. Quando encontrei com meus amigos do lado de fora e eles viram o estado em que eu me encontrava, simplesmente sinalizei um adeus com a mão e fui embora. Eu estava emocionalmente esgotada e precisava descansar.

Minha aparência também assustou Ariel, que, gentil como era, respeitou que eu precisava ficar sozinha. De longe, apenas o tranquilizei, dizendo que tinha sido aprovada no curso e que acordaria cedo no dia seguinte para poder passar o dia inteiro com ele; nosso último dia juntos.

Pude reparar o desapontamento em seus olhos, mas não havia nada que eu pudesse fazer.

Sozinha, na segurança do quarto, larguei minhas coisas dentro da mala e troquei meu pijama. Olhei ao redor, para aquele lugar que me acolheu durante um mês, mas que, de verdade, eu nunca me senti como se estivesse em casa. Estava aliviada de estar indo embora.

Aninhei-me debaixo das cobertas e esperei que o sono viesse, mesmo que ainda fosse cedo. As lembranças que me assombraram naquela tarde ainda latejavam dentro de mim.

— Tristan?

Eu não conseguia enxergar nada. Havia apenas uma luz branca muito forte justo em cima de mim, mas, ao meu redor, tudo era escuridão. Tentei sair do lugar, porém, reparei que havia paredes transparentes, e entendi que eu estava dentro de uma caixa. Por quê?

— Tristan?

Não havia nada nem ninguém, mas eu tinha certeza de que ele estava ali. Eu podia senti-lo. Sentia seu amor por mim, chamando-me, e meu coração respondia.

— Tristan?

Um jato de água começou a jorrar forte do teto, preenchendo rapidamente a caixa de vidro na qual eu estava. Comecei a ficar desesperada, percebendo que logo a caixa estaria cheia e eu não conseguiria sair dali. Esmurrei as paredes, chutei o chão, mas nada surtiu efeito. Quando a água começou a subir, nadei até o topo, buscando os últimos sopros de ar puro para respirar.

Eu morreria, afogada.

A caixa encheu por completo e o vidro não cedeu. Lutei por um tempo, porém, sem ar, logo meu corpo amoleceu e cedeu. Senti-me flutuar por alguns segundos.

"*Tristan!*"

Porém, no fundo do meu coração, pensei que logo, logo estaríamos juntos novamente. Finalmente.

E então, ele veio.

A pele branca como mármore contrastando com as inúmeras tatuagens coloridas em ambos os braços. O boné, sempre para trás, escondendo o cabelo loiro mal cortado. Os olhos claros, tão sinceros, buscavam os meus. E aquele rosto angelical cheio de *piercings* que eu tanto adorava.

Meu corpo conseguiu reagir um pouco e me aproximei da lateral da caixa.

"*Tristan! Me ajude!*"

Ele se aproximou de mim e meu coração gritou por ele. Quanto tempo eu havia ansiado por aquele momento!

"*Tristan! Me liberta!*"

O rapaz que eu tanto amara levantou a mão direita e reparei em seu pulso as pulseiras pretas de plástico que o Papito me deu como recordação do meu namorado após seu enterro. Tristan espalmou a mão no vidro e olhou para mim. Nossos olhos se encontraram e eu entendi seu recado. Imitei seu gesto, espalmando minha mão de encontro à sua. Quase podia sentir seu toque. Então, Tristan sorriu para mim.

E a caixa explodiu.

Acordei suando.

Olhei para os lados tentando entender, procurando por Tristan, e levei um tempo até conseguir assimilar as informações. O visor do celular indicava que passava um pouco mais das 6hda manhã.

Deitei-me novamente, de barriga para cima, e coloquei a mão no peito. Eu arfava.

Eu havia sonhado com Tristan. E tinha sido muito real.

O visor do meu celular piscou e isso chamou minha atenção. Peguei o aparelho e vi que acusava o recebimento de um novo e-mail. Abri.

Querida Sofia.

Espero que esteja bem. Desde que você foi embora, nunca mais tive notícias suas. Tomara que não tenha se esquecido de tudo que aconteceu aqui, apesar de tudo. Eu não esqueci. Eu não te esqueci.

Escrevo porque hoje completa um ano desde que encontramos o corpo do Tristan e, por isso, as autoridades locais, que não chegaram à nenhuma conclusão sobre o que aconteceu, fecharão o caso e o classificarão como arquivo morto. Revolta-me saber que meu amigo ficará sem justiça.

Hoje, na hora do pôr do sol, vamos todos ao lago em que ele foi encontrado e faremos uma oração por ele, para que saiba que não foi esquecido.

Gostaria de saber se você quer enviar alguma coisa para ser lida mais tarde. Isto é, se você já não o esqueceu.

Você já o esqueceu, Sofia?

Pablo

Arrependi-me amargamente de ter aberto aquele e-mail. Só fez com que meu mal-estar causado pelo sonho aumentasse ainda mais.

Se eu o havia esquecido? Claro que não!

Lembrava-me dele todas as vezes que um filme novo entrava em cartaz e eu imaginava a gente lá dentro, no escurinho. Ou todas as vezes que via uma torta de limão sendo vendida. Ou quando ouvia as bandas favoritas dele ou pensava na Flórida.

Lembrei-me dele cada dia, cada minuto, cada segundo do ano que passou. E sabia muito bem que dia era hoje.

Mas eu jamais conseguiria seguir com a minha vida se eu não cortasse as raízes com todos daquela viagem. Tristan vivia dentro de mim, e isso me bastava.

Decidi não responder o e-mail, e fiquei na cama um bom tempo, contando as horas para ir embora.

CAPÍTULO 39

Sem mais poder evitar, desci até a recepção do hostel, fingindo uma felicidade que não me era verdadeira. Para variar, Ariel estava alegre em me ver e disse que pediu o dia inteiro de folga ao gerente, por e-mail, e que tinha lindos planos para a gente.

Ótimo! Porque eu não tinha cabeça para nada.

Deixei que ele me conduzisse, sem questionar. De vez em quando respondia alguma coisa ou sorria, para mostrar que eu estava prestando atenção no que ele falava. Mas a verdade era que eu não estava.

Quando vi, estávamos num parque em que no centro havia uma enorme estátua do que eu achava ser uma flor.

— Estamos no bairro da Recoleta e essa é uma escultura conhecida como "Flor de Aço". Pesa cerca de dezoito toneladas de aço inoxidável e representa todas as flores do mundo. Mas a beleza dela está em todos os dias, à hora do crepúsculo, você pode ver a flor se fechar, como se fosse de verdade.

Era incrível. Ariel era uma versão viva do Google argentino. Esperava, de verdade, que um dia ele tivesse seu trabalho reconhecido.

— Caramba, é bonito mesmo!

Ele depositou um cesto no chão, e só naquele momento eu percebi que ele o esteve carregando o tempo todo. Que mancada! Nem para oferecer ajuda!

De dentro do cesto ele tirou um lençol branco — que provavelmente roubou da lavanderia do albergue — e o estendeu no chão, pedindo que eu me sentasse e desfrutasse do piquenique.

Piquenique!

O cesto parecia a bolsa do gato Félix[2], de tanta coisa que ele tirou de lá de dentro: uma garrafa de vinho, copos plásticos, uma garrafa de dois litros de água, uma baguete, manteiga, geleia, doce de leite, uvas verdes, alfajores, uma torta de frango e guardanapos.

Eu não conseguia colocar nenhum defeito no cardápio.

Tudo parecia lindo e, embora estivesse sem apetite nenhum, não quis fazer desfeita e peguei um alfajor para comer.

A tarde ia passando tranquila enquanto conversávamos amenidades e observávamos os visitantes que, como nós, também se acomodavam para fazer seus lanches ou que apenas passeavam por ali, tirando fotos. Eu não conseguia esquecer o sonho da noite anterior, mas não queria deixar transpassar meu ânimo. Em determinado momento, Ariel se deitou apoiando a cabeça no meu colo, e fiquei lá, alisando seu cabelo, perguntando histórias sobre ele e a cidade.

Quando o sol já estava baixando, Ariel se sentou ereto novamente.

— Eu queria falar uma coisa contigo, Sofia.

Olhei para ele, encorajando-o a continuar.

Ele respirou fundo e soltou o ar dos pulmões. Mau sinal.

— Eu queria que você fosse minha namorada de verdade.

Ai. Droga!

— Ariel, eu...

— *No, escúchame* — interrompeu-me. — Eu sei que você está indo embora amanhã, e é por isso mesmo que quero que sejamos namorados. Ou *novios*, como se diz aqui. Eu tenho mais um ano de faculdade e no final do ano vou ao Brasil. Já era meu plano ir mesmo, e, depois que te conheci, essa minha decisão só se tornou mais concreta.

Aquilo não estava indo bem.

— Sei que um ano é muita coisa para esperar, mas podemos combinar de nos encontramos antes disso, nas férias ou nos feriados prolongados. A distância é grande, mas o voo é curto. Podemos nos ver sempre! E, no final do ano, ficamos juntos pra valer!

---

[2] Personagem de desenho animado criado em 1919 pelo cartunista australiano Pat Sullivan e o animador americano Otto Messmer durante a era do cinema mudo.

Quando reparei que ele finalmente tinha parado de me contar todos os planos que já tinha bolado para a gente, falei:

— Ariel, eu sinto muito, mas não posso ficar com você.

Pude perceber o tamanho do balde de água fria que minhas palavras causaram nele. Infelizmente, não dava mais para continuar com aquela situação.

— Você é um rapaz incrível! Um *guapo*, um verdadeiro príncipe galante! E não falo isso da boca pra fora não! Sei que as garotas brigariam para ficar com um rapaz tão sensível, tão gentil e tão compreensível quanto você. De verdade. Você não existe!

— Você também é incrível, Sofia! É...

Não deixei que ele continuasse. Não era de mim que estávamos falando e a última coisa que eu queria era ouvir elogios.

— Mas não posso ficar com você. Não é você, sou eu. Sei que é ridículo eu falar isso, mas é verdade. Eu simplesmente não estou pronta para entrar num relacionamento. Não agora, e também não sei quando estarei. Por isso, peço que entenda o que estou dizendo e que não se prenda a mim.

Ele baixou os olhos, virou o rosto e mirou nenhum lugar específico.

— É outro garoto, né?

Não podia mentir para ele. Ele merecia toda a verdade.

— Sim. Mas ele morreu no ano passado, Ariel. — Como suspeitei, esta revelação atraiu a atenção dele novamente. — E, por isso, ainda não me sinto preparada para seguir adiante.

O que eu via em seus olhos? Compaixão? Pena? Esperança?

— Entendo — disse por fim.

Parecia que, no final, o faz de contas tinha se desfeito e o sabor do piquenique tinha azedado.

Era hora de ir embora.

— Olha, porque não fazemos assim... Nós continuamos amigos, vamos nos falando ao longo do ano. Se você for mesmo ao Brasil, me liga, e eu prometo te levar a todos os lugares incríveis, igualzinho como você fez comigo aqui.

Aquilo trouxe um pouco de ânimo ao seu espírito.

— E até lá, Ariel, quem sabe eu não esteja pronta para assumir de vez o namoro contigo? Não posso lhe dar esperanças, mas, agora, eu realmente preciso desse tempo. Não seria certo contigo nem comigo, e eu acabaria jogando fora um romance que um dia, quem sabe, poderia se tornar uma bela história de amor?

Dei uma piscadinha e isso provocou uma risada gostosa nele.

Nós nos abraçamos.

Eu sinceramente não acreditava que poderia levar aquela história adiante, porém, não era justo acabar com as esperanças dele todas de uma vez. Pequenas mentiras inofensivas podem ser gentilezas disfarçadas. Com o tempo, ele cansaria, conheceria uma garota que estivesse disposta e que merecesse seu amor. Ou talvez mudasse seus planos. Mas nada disso teria a ver comigo, sim, com ele.

Como devia ser.

Assim, recolhemos todas as coisas e voltamos para o hostel com a flor de aço se fechandoatrás de nós.

Naquela última noite, dormimos separados, mas, dessa vez, eu já não sentia nenhum peso em mim.

CAPÍTULO 40

O comandante do avião dava os avisos de segurança em português, inglês e castelhano. Ao meu lado, os Albuquerques estavam sentados, de olhos fechados, cansados da noite anterior. Eles haviam virado a madrugada indo de bar em bar, despedindo-se de Buenos Aires como dois jovens tresloucados. Ri do resultado, porém, agradeci por não ter me juntado a eles. Eu não tinha clima nenhum para aquilo e, a bem da verdade, já não me sentia mais inclinada para esse tipo de programa. Não aguentava mais beber!

Desconfiei de que eles já estivessem dormindo ao meu lado, então, peguei meu celular e coloquei os fones no ouvido.

Such a lonely day,
And it's mine
The most loneliest day of my life

De todas as músicas que minha playlist poderia escolher aleatoriamente, tinha de justamente começar a tocar *Lonely Day*, da System of a Down?

Olhei pela janela enquanto o avião levantava voo. Aquela havia sido uma viagem curta, porém intensa. Tantas coisas tinham acontecido!

Quando topei aquela aventura com Gui, não previ nada do que tinha acontecido. Durante todos os anos que convivemos, eu nunca desconfiei dos sentimentos dela por mim. Será que isso fazia de mim uma péssima amiga? Afinal, se eu nem sequer conseguia entender que minha amiga estava apaixonada e sofrendo, de que adiantava eu bater no peito e reclamar o posto de número um?

Virei o rosto em sua direção. Gui dormia com a cabeça apoiada no ombro do irmão, que, por sua vez, dormia de boca aberta, um fio de baba ameaçando escorrer por seu pescoço.

Hoje, no aeroporto, ele finalmente contou o motivo com o qual conseguiu convencer os pais a deixá-lo vir conosco na viagem: após terminar o colégio este ano, ele ia imediatamente ingressar como voluntário em um programa de acolhimento a mulheres vítima de violência doméstica na Índia. Ele tomou sozinho decisão, queria ter essa experiência em campo antes de decidir qual faculdade fazer. Já tinha toda a papelada encaminhada, então, essas seriam as últimas férias dele como civil.

Aquilo me surpreendeu de tal forma que nem sequer consegui reagir.

Intimamente, esperava que ele mudasse de ideia ao longo do ano, pois de alguma forma sabia que sentiria sua falta. Mas Rapha tinha crescido muito no último ano, e realmente dava sinais de ser um jovem bem equilibrado. No fundo, eu tinha certeza de que ele realizaria um trabalho incrível por lá e voltaria ainda mais maduro do que foi.

Eu não desconfiei de que Rapha tivesse sentimentos por mim. Por quanto tempo ele teve de esconder isso? Com certeza Gui descobriu, e foi por isso que, em algum momento nós simplesmente passamos a ignorá-lo e a tratá-lo mal na escola. Eu tinha dito a mim mesma que fazíamos isso porque ele era mais novo e que não queríamos ser vistas andando com a turminha do ano anterior, mas, agora, as coisas faziam mais sentido.

No dia em que conversamos, Gui me contou que na festa de formatura ela e o irmão brigaram feio por minha causa. Como eu não fui, não fiquei sabendo de nada, e eles combinaram de me esconder os fatos. Porém, no meio da briga, Gui gritou alto que era apaixonada por mim e que Rapha não tinha o direito de tentar interferir, já que ela me conhecia há mais tempo. Só que ela gritou isso no exato momento em que a música parou de tocar. E todos os convidados ouviram aquela revelação.

Terrível.

Seria cômico, se não fosse trágico.

Quando soube disso, fiquei arrasada. Eu não estava na festa e não sabia que minha amiga tinha sofrido por mim à distância.

And if you go
I wanna go with you
And if you die
I wanna die with you

E, durante todo esse tempo, eu só pensei em Tristan.

Um ano havia se passado, mas ele estava mais vivo do que nunca no meu coração. E, enquanto essa chama estivesse acesa, não era justo que eu ficasse tentando me envolver com outros caras, porque, no final das contas, acabaria magoando alguém. Como quase magoei Ariel, que desde o começo só tentou me ajudar.

Fechei os olhos e me lembrei do origami de pássaro rosa que ele havia me dado no primeiro dia que eu dormi no quartinho do albergue. *Tsuru*, ele disse que era como se chamava. Um hóspede japonês havia que ensinado a fazer e disse que dar um *tsuru* a alguém significava desejar-lhe saúde e boa sorte.

É, eu ia precisar disso mesmo.

Despedir-me de Ariel foi difícil, pois ele ainda estava contrariado com a minha decisão. Tive de reiterar diversas vezes que aquela não era uma despedida para sempre, não era um adeus definitivo. Era apenas um até breve, pois esperava que pudéssemos nos reencontrar daqui a pouco, num futuro próximo.

Eu duvidava disso, mas queria que ele acreditasse. Seria melhor.

Olhei para o céu azul daquela manhã de domingo. O céu é igual em qualquer parte do planeta e sempre me dava a sensação de que estávamos mais perto daqueles que nós perdemos. Não era assim que nos contavam quando éramos crianças? Que, quando morremos, vamos para o céu?

Tristan estava ali, em algum lugar. Sempre estaria.

Por mais que eu viesse a me apaixonar novamente um dia — e eu tinha certeza de que isso aconteceria —, Tristan sempre moraria num lugar especial em meu coração, só dele. Nenhuma paixão seria como a que tivemos; pura, inocente, como todo primeiro amor é.

Um dia eu casaria, teria filhos, netos, e seria profundamente apaixonada pelo meu marido. O que não significava que um dia eu me esqueceria de Tristan.

Isso não aconteceria nunca.

O sonho que eu tive com ele duas noites atrás provou para mim o quanto a presença dele ainda era forte na minha vida, e, por isso, eu deveria me fechar para balanço, até que eu conseguisse me equilibrar emocionalmente.

Entretanto, no sonho Tristan me libertou. E, desde então, eu me sentia mais leve.

Eu completei meu intercâmbio e com louvor. Meu objetivo tinha sido alcançado e eu me sentia plena com isso. Estava morrendo de saudade dos meus pais e louca para recomeçar minha vida. Focaria na faculdade, buscaria um estágio ou um emprego maneiro... Não sabia! Se, no meio do caminho, pintasse alguns artigos para escrever, seria ótimo, mas eu precisava de algo mais fixo, mais concreto para iniciar minha carreira.

Take your hand
And walk away.

Até que eu encontrasse o equilíbrio da minha vida, prometi a mim mesma que não ficaria forçando a barra tentando apressar as coisas. Cada um tinha seu momento, cada um levava seu tempo. Um ano havia passado e ainda não tinha sido suficiente para que eu superasse a perda. Entretanto, namorado não era tudo na vida, e eu ainda tinha muita vida pela frente.

Essas duas experiências de intercâmbio que eu tive serviram para que eu deixasse de ser uma menininha e encarasse com coragem minha entrada no mundo adulto.

E, como o *tsuru*, eu voaria alto, longe, pelo mundo inteiro.

O que quer que o futuro reservasse para mim, eu estaria pronta.

AGRADECIMENTOS

Escrever um livro é um processo longo, imersivo e que, para acontecer, conta com o apoio, a coragem e a dedicação de muitas pessoas, às quais sou muito grata.

Aos meus pais, sempre, por comprarem livros para mim e me incentivarem na leitura e na escrita. Vocês são pais excelentes!

À minha irmã, que sempre me emprestou os livros dela e me deixou lê-los antes mesmo dela! Rsrsrs

Rafael, você é a definição do que o verdadeiro companheirismo é! Sem sua presença eu não conseguiria realizar este livro: eu te amo!

Cátia, minha editora na Ler Editorial, obrigada por querer me publicar e por abrir espaço para mim ao longo desses anos todos. Obrigada mesmo!

Aos meus amigos da imprensa, que estão dando aquela força divulgando o livro: vocês são demais!

E a você, leitora, e a você, leitor: obrigada por acompanhar Sofia ao longo desses anos e amadurecer com ela ao longo da jornada. Como é lindo ter vocês ao meu lado!

Obrigada a cada um de vocês, por ler, por comprar o livro e por amar, sempre!

Janda Montenegro

NOTA DA AUTORA

Essa é uma história de ficção que se passa em lugares reais. Sofia e seus amigos, ao longo da viagem, passam por lugares que existem de verdade em Buenos Aires, e são abertos aos turistas e moradores o ano inteiro.

Alguns desses locais são a Feira de San Telmo (que acontece aos domingos), o estádio do Boca Juniors (mais conhecido como *La Bombonera*), UBA (Universidad de Buenos Aires, que realmente oferece cursos de *castellano* para estudantes estrangeiros, inclusive cursos de curta duração), o restaurante Siga La Vaca (em Puerto Madero – funciona inclusive para delivery), a livraria El Ateneo (uma das mais belas do mundo; o espaço conservou a arquitetura de outrora, quando foi um famoso teatro, e hoje é recheado de livros por seus cinco andares), El Caminito (bairro colorido, onde está situado o estádio La Bombonera) e o Club Museum (discoteca cuja arquitetura foi projetada por Gustave Eiffel, o mesmo que projetou a Torre Eiffel).

O Último Adeus quer provocar você, leitor e leitora, a *provar* Buenos Aires. Todas as comidas e bebidas experimentadas por Sofia e seus amigos também existem de verdade e são o verdadeiro sabor da capital portenha.

Buenos Aires é uma das minhas cidades favoritas no mundo. *O Último Adeus* é um convite para que você um dia a conheça e se apaixone por ela também.

Com amor,

Janda Montenegro

www.lereditorial.com

@lereditorial